子どもの本の海で泳いで

今江祥智

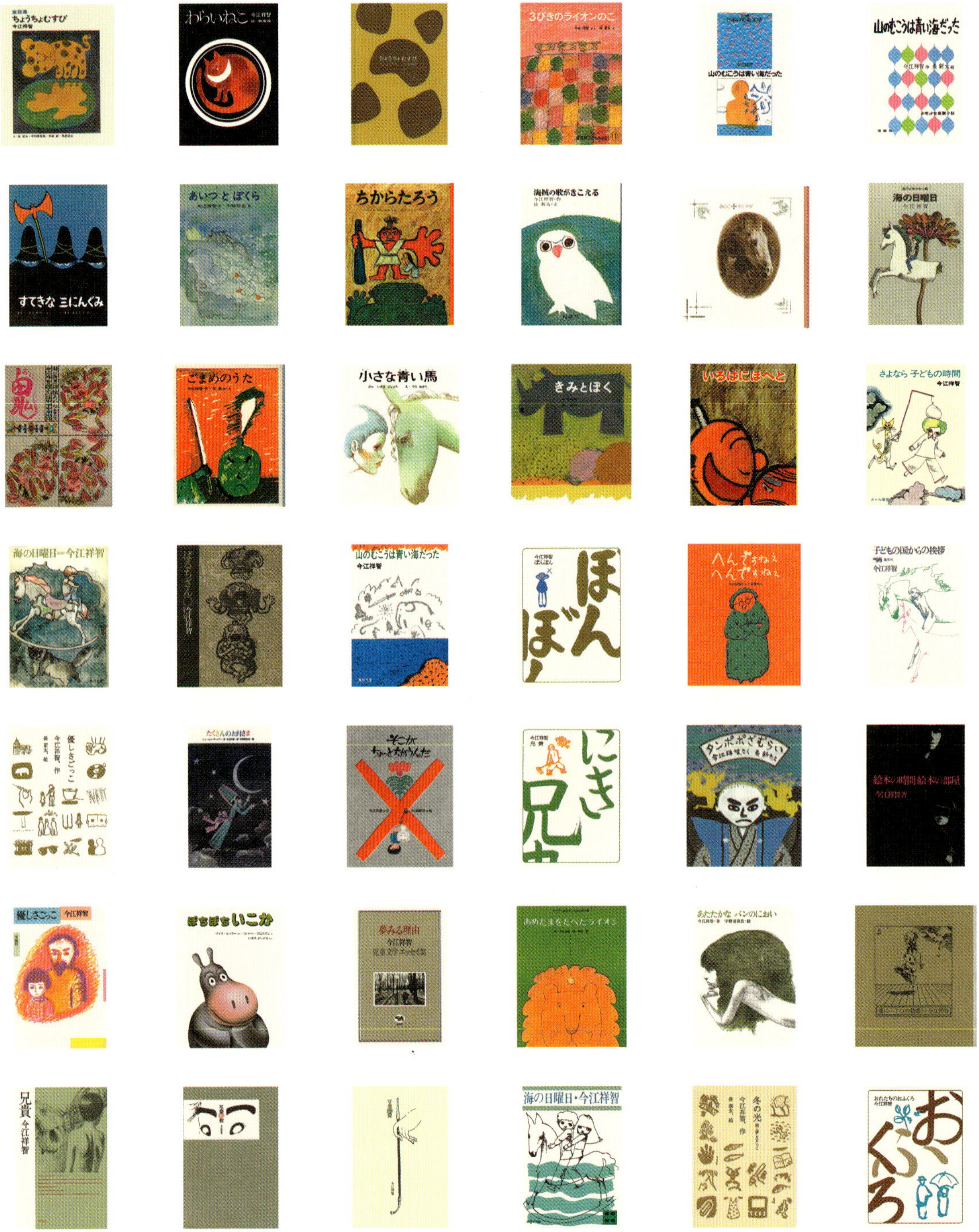

ちょうちょむすび
今江祥智
わらいねこ
今江祥智
3びきのライオンのこ
山のむこうは青い海だった
山のむこうは青い海だった
今江祥智 作 長新太 絵
すてきな 三にんぐみ
あいつ と ぼくら
ちからたろう
海賊の歌がきこえる
今江祥智・作
海の日曜日
今江祥智
こまめのうた
小さな青い馬
きみとぼく
いろはにほへと
さよなら 子どもの時間
今江祥智
海の日曜日 今江祥智
山のむこうは青い海だった
今江祥智
ぼんぼん
へんですねえ
へんですねえ
子どもの国からの挨拶
今江祥智
優しさごっこ
今江祥智 作
長新太 絵
たくさんのお月さま
そこがちょっとちがうんだ
兄貴
タンポポざむらい
絵本の時間 絵本の部屋
今江祥智著
優しさごっこ 今江祥智
ぽちぽちいこか
夢みる理由
今江祥智
児童文学エッセイ集
あめだまをたべたライオン
あたたかな パンのにおい
兄貴
今江祥智
海の日曜日・今江祥智
冬の光
今江祥智 作
長新太 絵
おれたちのおふくろ
今江祥智
おふくろ

かくし絵童話集
2杯目のスープ
今江祥智・文 宇野亜喜良・絵
ワン デイイン ニューヨーク
William Saroyan
ぼくの宝島——今江祥智
ぼんぼん 今江祥智
おれたちのおふくろ 今江祥智
明るい表通りで
今江祥智
長新太・絵
牧歌 今江祥智
あのこ
縞しまのチョッキ
今江祥智
SEIDOSHA
絵本の新世界 今江祥智
ぼんぼん 今江祥智
新潮文庫
優しさごっこ 今江祥智
新潮文庫
ズボンじるしのクマ
今江祥智〔童話〕術
物語ができるまで
日常術
物語100 今江祥智
IMAE
兄貴 今江祥智
新潮文庫
ワンデイインニューヨーク
W・サローヤン 今江祥智・訳
One Day in the Afternoon of the World
新潮文庫
冬の光 今江祥智
あさごはん
ひるごはん
ばんごはん
雲を笑いとばして
今江祥智
私の彼氏
今江祥智
今江祥智
ぼんぼん
理論社
パパはころしや
食べるぞ食べるぞ
今江祥智
夢色の大通りで
今江祥智
Yoshitomo IMAE
まんじゅうざむらい
日なたぼっこねこ
今江祥智・作 荒井良二・絵
幸福の擁護
今江祥智
みすず書房
今江祥智
猫の足あと
長新太・絵

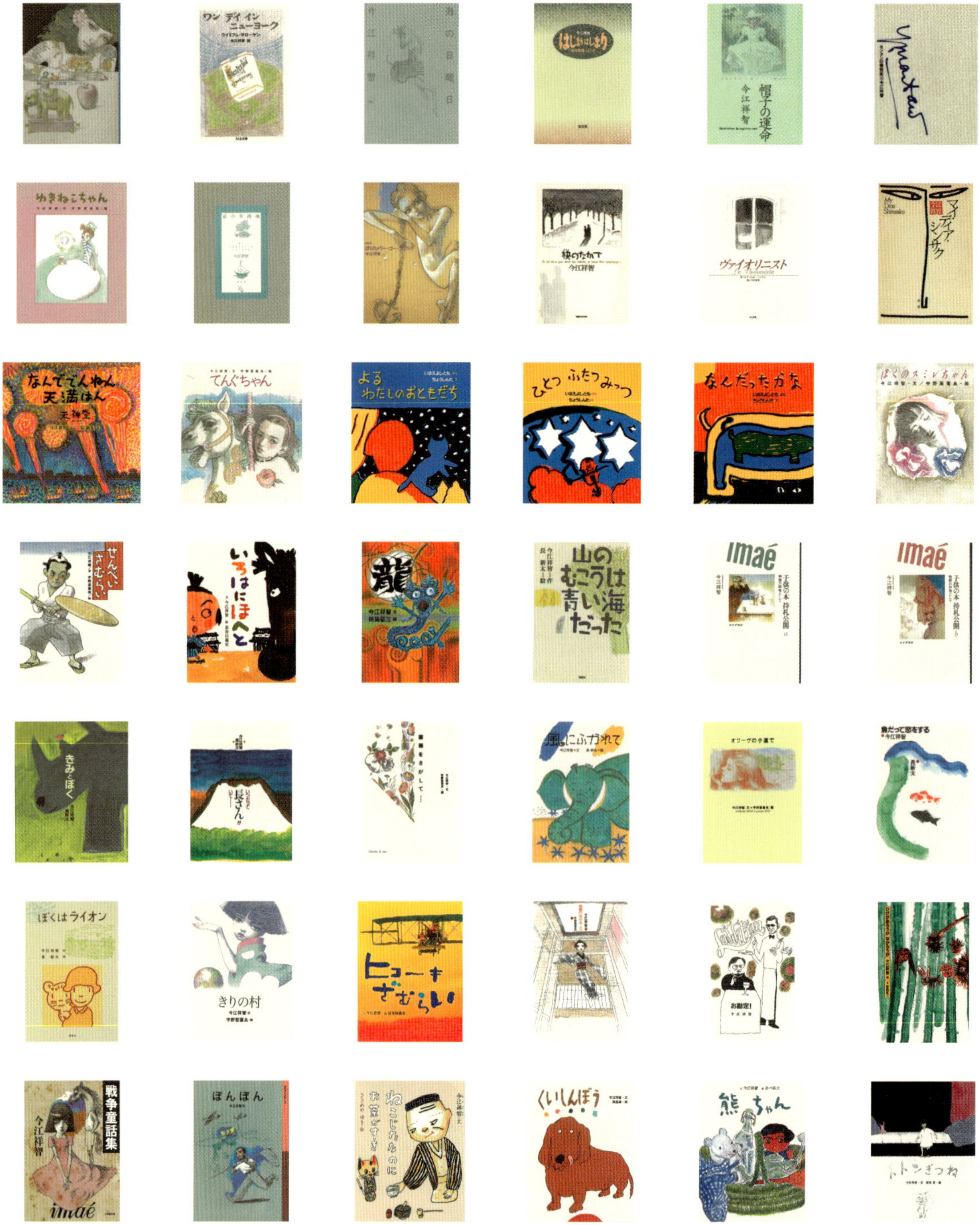
ワン デイ イン ニューヨーク
ウイリアム・サローヤン
海の日曜日
今江祥智
はじまりはじまり
帽子の運命
今江祥智
ゆきねこちゃん
ヴァイオリニスト
今江祥智
マイ ディア シンサク
My Dear Shinsaku
なんでてんねん天満はん
てんぐちゃん
よる わたしのおともだち
ひとつ ふたつ みっつ
なんだったかな
ぼくのスミレちゃん
今江祥智・文／宇野亜喜良・絵
せんべいさむらい
いろはにほへと
龍
今江祥智 文
今江祥智 作
長新太 絵
山のむこうは青い海だった
imaé
子供の本 持札公開 a
imaé
子供の本 持札公開 b
きみとぼく
風にふかれて
オリーヴの小道で
魚だって恋をする
今江祥智
ぼくはライオン
きりの村
今江祥智・文
宇野亜喜良・絵
ヒコーキざむらい
お勘定！
戦争童話集
今江祥智
imaé
ぼんぼん
今江祥智 文
ねこじたなのにお茶がすき
くいしんぼう
熊ちゃん

＊京都・行きつけの店

やました

京にきてまもなく入った店で「脇板」を務めている山下さんと出会った。包丁さばきを見ていて、この人は近々自分の店をもつな……と思っていたら、案の定「やました」を開いた。そこに通い始めた。そのときこのかたの「おつきあい」になる。お蔭様で思いもかけぬオイシイモンを沢山いただけた。

板場で〝修業中〟の若い者《もん》が多くて次々に郷里《くに》にかえって自分の店をもつらしいが、かわらぬ花島さんとの二人組に、ずっとずっとオイシイモンをいただいている。一九六八年以来のおつきあいになるから、もう充分お馴染みなのに、いつだって初めてのような気のする「口福」である。お酒にしてもウキスキーにかえても、山下さんのつくってくれるオイシイモンは口の中でとろりととける。山下さんの人柄と腕との——倖せな出会いあっての味の世界である。

京に帰り聖母女学院短大に勤めるようになってまもなく、教え子の一人に、〝従兄がバーを開きますので、行ってやって下さい〟と言われ、開店の日に入ったのがきっかけだから、いつのまにやら〝お客の老舗〟みたいになってしまった。〝貸切り〟でパーティーを開かせてもらったことも何度かある。

いつか、「ウヰスキー、どのくらい飲んだかいなあ」と訊くと、マスターが、「うちの店に入れたら、その中で泳げるくらいです」とマジメな顔で答えてくれたから、そのくらいは飲んだということか。それでも元気で通い続けている——というのは、のみものたべものに店のものがよろしいからですやろなあ。

とにかくこのお店でアルコール消毒をし続けてきたので、いまだにとにかく元気でいられるのンやろなあ……と、のんきに思わせてくれるお店なのである。

＊京都・行きつけの店

タバーン・シンプソン

もう一歩で通りすぎるところを、ちらと眺めたガラスの向うの店の中に惹かれて足をふみ入れた。とにかくオサカナのおいしい店であり、料理の工夫が並みではない。トシをとらない店主のてきぱきしたお店の仕立てがいいので、ついつい足が向いてしまう。

「やました」と「魚棚」があれば、京にいる甲斐がある。そう思わせるオイシサである。小さなパーティーを開いたことも何度かあったが、二人で来ているときとかわらぬ穏やかでおいしい雰囲気があるので、まるで自分の店のように、食べてる仲間に自慢したくなる。ここも通い始めてもうずいぶんになるが、ご主人はいつも初対面のように礼儀正しく穏やかに応対して下さり、おいしさもずーっとかわらない。「これはもうナカナカノモンデスワ」と河合隼雄さんみたいに言いたくなる。

*京都・行きつけの店

魚棚

にぎやかなスケジュール帳。
（書斎のクマをスケッチ）。

書斎の壁には宇野亜喜良さんの絵を大型パネルにして飾っている。

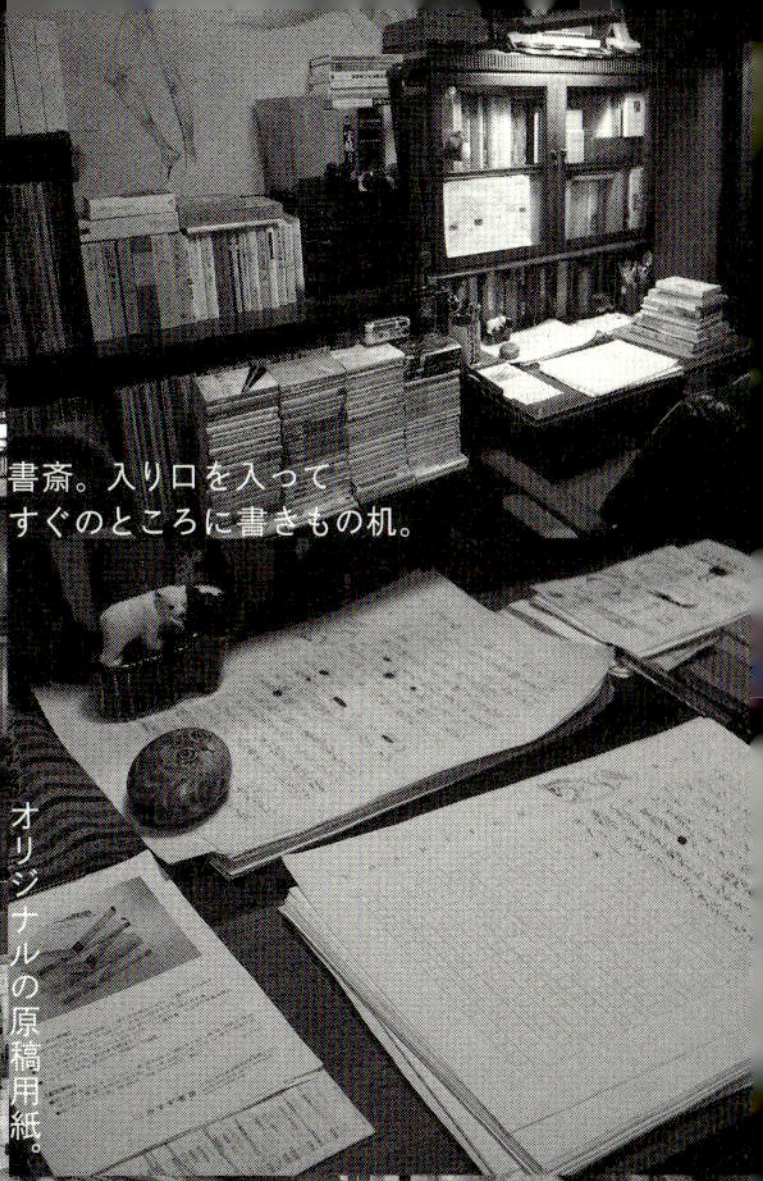
書斎。入り口を入ってすぐのところに書きもの机。

オリジナルの原稿用紙。

書斎。

書棚。七、〇〇〇冊以上が収まっている。

書斎の隅にクマのぬいぐるみ。クマをこよなく愛す。

書斎。作りつけの書棚。

書斎・机。

書斎。

山の上ホテル、室内。
カンヅメになって書いたことも。

山の上ホテル、ロビーにて。編集者との打ち合わせも何度も行われた。

山の上ホテルにて。

山の上ホテルをモデルにして書いた作品もある。

スケジュール帳。

山の上ホテルにて。

はじめに

〈水に跳びこむには幾通りものやり方がある。潜る。落ちる。もがく。ぼくは文章の水面にまるで叫ぶように身を投げる。恐怖に取りつかれたように。こうしてすべてが始まる。自己流のめちゃくちゃなバタフライのようなやり方で。そうやって水に流され、生命拾いをする。〉*

小説の書き方について、これはルイ・アラゴンが書いた言葉だ。「現実世界」という長篇連作を書き、晩年には『レ・コミュニスト』という長篇も書いた詩人の言葉である。

それにしてもアラゴンの長篇を半ダースばかり読んでみると、すこぶる面白い。巧みな話術で人と時代を生き生きと文中に〝再現〟してくれる。街の様相も、そこに動き回る人間たちも、それぞれの時代に吹く風の薫《かお》りまでが感じとれそうなところがあった。

その魅力たっぷりの語り口に背中を押される気持ちで、わたしは子どもの本を書き始め書き続けて、もう五十年をこえてしまった。子どもの本の海でじたばたしているうちに、半世紀がすぎてしまった——ということだろうか……と、今になって思いおこしている。

最初の長篇に『山のむこうは青い海だった』というタイトルをつけたのは上出

来であった。五十年の山をこえたむこうには、まだまだ未知の、魅力的な〝海〟がひろがっていた。

本書はそんな五十年を往きつ戻りつしながら——自分が書き始めたころから、やみくもに書き続け書きあぐね、それでもまたペンをとり直し、往きつ戻りつしながら、少しでも新しく面白くて胸にほとりとおちるような物語を書こうとしてきたわたしの小さな道標である。その長い時間に会えた何人もの書き手仲間に手を胸を貸してもらって、少しでも見方の幅をひろげられたら……と、虫のいいお願いもした。

皆さんに背中を押してもらって生まれた大事な一冊であります。

前口上は以上《これまで》にして、まずはお好きなページをごらん下され……。

*『冒頭の一句または小説の誕生』〈ルイ・アラゴン／著　渡辺広士／訳〉新潮社　1975年

目次

今江祥智の素顔

＊編集者のころに出会った作家たち

作品の舞台を振り返る

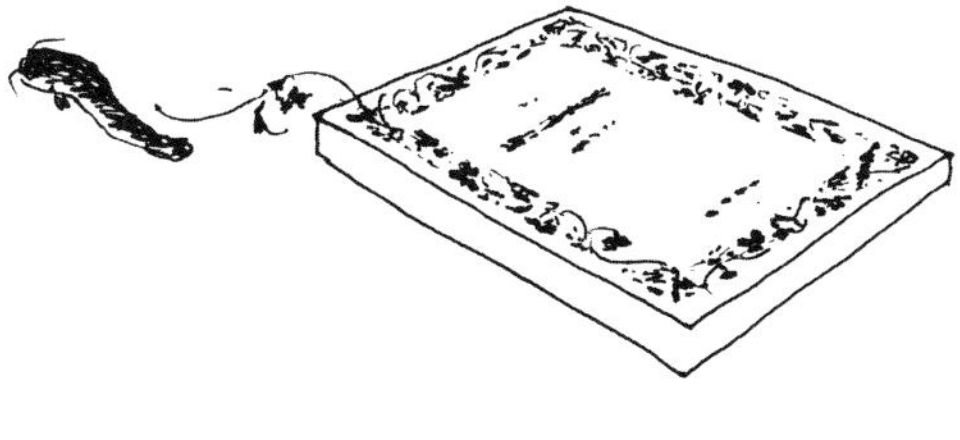

＊作品の舞台を振り返る

「ぼんぼん」が育った町

大阪

大阪市南区島之内――今江祥智の生まれ故郷である。
大阪大空襲で焼け出されるまでの13年間を大阪で過ごし、その後、和歌山に移る。
名古屋での教師時代を経て、東京で編集者として、作家として活躍しはじめた。
そして京都へ――。作品には、各地で暮した体験が見事にいかされている。
作品の舞台となった場所を、今江祥智がたずねた――。

ずいぶん久しぶりに大阪の「わが町」を歩いた。子どものころに暮していた島之内のあたり。長堀橋から塩町通を東に向って、ゆるゆると歩く。つきあたりを北へ曲って少しいけば、元露路《もとロージ》のあったところに出る。(そこが、今では広いトラックの駐車場になっていた！　あれま！　おやまあ何たるこっちゃ！)

つましくひっそりと並んでいた優しい町並みの面影は、なくなっていた。何やらのーっぺりした道と、一軒一軒が勝手に建てられて並んでいるかっこうの町並みになっていた。――

子どものころの歩幅で歩く毎朝の登校時の、ゆっくりした時間の流れはなくなってしまい、ときどき追いこす人も車も同じように忙し気だ。横をぼんやり歩くこちらも、何かに追いたてられるような気もちになり、せかせかした歩きようになっていく……。

ええい、よろしおますわ、と早足で南へ下り、じきに末吉橋のたもとについた。

欄干の渦巻き型の石は当時のままで立派だ。だが、橋全体は古くなってしまったこともあって、何だかわびしいたたずまいに見える。

なので、子どものころ凧をあげにいったダムの橋が残っていたとしても、今更そ

大阪市南区は1989年に東区と合併。現在の中央区。

『ぼんぼん』
理論社　1973年

↑上　末吉橋付近から長堀通を見る。
当時、長堀通は運河だった。
↑下　南船場の安堂寺橋ビル。
戦前の建物らしいが記憶にない。

↑上　実家のあった場所。
5歳から13歳までをすごした。
今は運送会社の集荷センターに。
↑下　旧町名継承碑の前で。
塩町通は今は南船場に町名をかえた。

こへあがってみようという気はおきなかっただろう。当時は、ダムの橋を北から南へ渡ると、住友はんかどこやらの広いお屋敷の塀があって長くのびていた。せせこましく立ち並ぶ家がなくて、堀沿いに歩くと、子どもの足ではなかなかおしまいにはなってくれなかった。どこまで続いてるンやろか……。

　そうしたお屋敷がなくなって、今ふうな家が並んでいるのを見るのがしんどくて、うつむいて歩き続けて、その辺り〝なつかしの通り〟をやりすごす。目をあげると、長堀橋のあたりまで来ていた。——

　三年生のころまでは、毎朝兄ちゃんと喋りながら登校し、パン屋さんの「木村屋」につくと、三日に一度はお弁当がわりにサンドイッチを買ってもらい、それを大事にもって塩町筋を学校まで歩いた。そのころの、おっとりとした通りの様子、家々のたたずまい、たまーにすれちがう大人のひとの姿と、すれちがうときの緊張感が、よみがえってはくるが、すぐにふっと消えてしまう。町全体が、何やら慌ただしい感じでせわしない気もちになるので、ついつい追いたてられるように早足になっていたのだ。——

（これは島之内やないわ。おーっとりとしていて、まわれ右して、また家《うち》へもどりとなってしまいそーな気もちなんておこらへンやないの……）

*

　よく渡った安堂寺橋も、その下を流れる川の水も残っていた。石造りの欄干にある橋の名札も元のままであった。その一つ一つの名を読んでたしかめると、往年のそれぞれの橋のたたずまいがゆっくりと思い浮かぶ。木造りだった手摺りが金属製のしっかり者にかわっているのは、元の橋が空襲で焼けてしもたさかいや……と思いおこす。思いおこしたくはなかった……。

　子どものころは、末吉橋でも安堂寺橋でも、いつだって駆けるようにして渡って

大阪大空襲のときには
この末吉橋まで走って逃げた。

いた覚えがあるが——子どものくせして、いったい何をそんなに急いでいたのだろうか。

子どもたちにとってのたいていの〝用事〟は、「島の内」ですますことができていた。よほど厄介な買物でもたのまれないかぎり、子どもが橋を渡って島の外にまで出かけるようなことはなかった。——

例外は、神社の清掃であった。

町内ごとに割当てられている神社にお詣りしては、背丈ほどもある竹箒で丁寧に清掃するのが、ならいになっていた。

わが家は町内の東端にあったものだから、神社まではいちばん遠かった。そのぶん、早く出ては、道みち友だちと合流していきながらの——神社詣でになる。

うっかり合流に遅れるようなことになると、近道をとって追いつこうと、北の通りに走りこみ、そこでうっかり隣の学区の連中に見つかったりすれば、追っかけられ追い出されるという無様《ぶざま》なことにもなるので、自分の町内での迅速な行動と対応が大事なことになる。

そのくせ、箒かついで神社に入り、肝心の清掃は、「ちゃっちゃ（すばやく）」とすませてしまうと、あとは箒を槍、薙刀がわりの「ちゃんばらごっこ」に夢中になるのが常だったから、いったい何のための〝お宮詣り〟であったんやろか。

それでも、とにもかくにも「おつとめ」の神社清掃を何とかすませてしまうと、こんどは一仕事したあとの大人みたいな顔になり、箒かついで、ちゃっちゃと引き揚げる。

子どもには、それ以外に〝義務的〟な用事なんぞなかったから、帰ったあとは、休みの日ののこりを相撲に興じた。家が広くて、家のひとから文句を言われなかった友だち——藤井くんとこへ集っては、奥の座敷での取組みになる。

清掃奉仕に訪れた難波神社。

それぞれに贔屓の力士がいるものだから、その大力士を気取って〝前田山〟だの〝男女川《みなのがわ》〟だのと名乗っての相撲大会になる。わたしの贔屓は名寄岩《なよろいわ》であった。

北海道出身のこの力士は、気短で怒《おこ》りン坊で、何かとカッとなってとび出し、自分からそのまま土俵の外までとび出してしまうようなところがあった。わたしは怒りン坊ではなかったが、怒りン坊の兄ちゃんのことが心の底では好きなので、この力士のそんなところが好きだったのだろうか。

せっかちに立ち、せっかちに攻めようととび出すものだから、庭に面したガラス戸にぶち当って割ってしまったこともあり、倖いけがをしなかったものの、大ガラスをぶち抜く大相撲となっても、家のひとは心やすく遊ばせてくれた。

藤井くんとこでは、ずいぶんと遊ばせてもらったものだが、そうした子どもたちを迷惑がるところは少しもなく、いつまで遊んでいても、いついっても、文句ひと

↖境内にあるクスノキ。
樹齢推定四〇〇年。戦火にも耐えた。
←クスノキの下で。

つ言われることがなかった。子どもにとっては、まことに良き時代の良き友だちの家――であった。

＊

毎日を遊びほうけるわたしの〝将来〟を案じてか、父が思いついたのが、家庭教師をつける――ということであった。眼鏡とひげで、見るからに堅物《かたぶつ》のO先生に頼みにいき、川向うの大きなセルロイドの問屋さんのご主人にお願いしたのが、いまでいう家庭教師であった。つまりそこのお嬢さんと一緒に習うというわけで、こちらはキンチョーカトリセンコーになって、週に一度の出稽古ならぬO先生の〝課外授業〟を受けることになった。

父親のいいつけはゼッタイであった時代であったから、文句ハ一切ナシであった。わたしは子ども用自転車にうちまたがり、橋を渡って川向うのお嬢さん宅まで〝特別授業〟を受けに出かけることになった。

おまけに算盤塾と習字塾にも通うことになり、宿題以外の勉強はかなンなあと閉口しているわたしは、遊ぶ時間が削りとられていった。それでもまだ足りないと思ったのか、父は朝日会館で始まった〝絵画教室〟へも出かけるように手配した。本物のモデルを使っての（むろんヌードではない！）本式の絵画塾である。

子どものころの大阪の思い出は、そうした塾巡りに尽きる。今でも初めてパステル画で描いた着物姿の御夫人（ツバメが飛ぶ模様のを着てはった）のことや、算盤塾の数字ヨミアゲの先生の声やら、半紙の表も裏も使っての習字のおけいこの日々を、あざやかに思い浮かべることができる……。

「大阪商人の子は勤勉なもンやでエ、なあヨシトモ……」と優しく繰返した父の声がいまでも、ふィと耳許によみがえる――大阪である……。まさに『ぼんぼん』の「ぼんぼん」が暮した大阪である……。

大阪市渥美小学校跡。今は大阪市立南高等学校のグラウンドになっている。

＊作品の舞台を振り返る

おふくろさんの故郷
和歌山

和歌山といっても紀北は紀ノ川沿いの町——橋本で、戦争末期から敗戦後にかけてをすごした。母の兄たる伯父の広い別荘があって、子どもの頃から夏休みには、きまってそこに一週間ばかり〝避暑〟させてもらっていた。大阪を焼け出された親戚のご一統《いっと》さんは、とにかくそこに集まり、伯父の世話で町の旧家の離れを借りて暮すことになった。わたしどもは池永さんという銀行家の離れをお借りすることになった。すぐ下に紀ノ川の流れが見える二部屋とベランダであった。わたしは日がな一日ベランダから目の前の山々やら向うに延びている南海高野線の鉄橋を眺めるか、川っぷちにおりていって小魚を釣るか、四月になるのを待ちかねて泳ぎに紀ノ川にとびこむか——した。町の裏山にある、親戚ご一統さんの墓地の横で畑仕事の真似事も——していた。それでも、じゃが芋や南瓜やさつま芋はどっさりとれたから、それでわたしども一家は〝食いつなげ〟た。有難い〝山の上〟であった。

兄は、水泳と喧嘩で忽ち町の悪がきの中にとけこみ、お蔭でわたしも仲間と認められた。釣りと釣り場を教えてもらい、〝食糧〟として毎日〝確保〟した。まことに大事な蛋白源であった。若い頃釣りに凝っていたおやじどのに鍛えられたおふくろさんは、巧みに干し魚にして長持ちさせた。

＊

兄とわたしは一番電車で登校した。二時間もの長道中になった。しょっちゅう〝警報〟でストップするから、そうしないと授業時間に間にあわなかった。『ぼんぼん』に書いたエピソードのいくつかはその頃の〝実話〟である。嘘ミタイナホンマノ話、なのであった。

わたしにとってほんとの〝戦後暮し〟が始まったのは、高校生になって大阪に戻ってからのことのように思える。橋本には、戦争の網の目から洩れていたというか——どこやら戦前の、昔のまンまの空気と暮しがのーんびりとひろがっていた。戦

『おれたちのおふくろ』
理論社　1981年

父母の眠る墓地よりのぞむ景色。

紀ノ川沿い。川の向こうに借りていた家の離れが見える。

橋本橋。

菩提寺の應《おう》其《ご》寺。
日陰で涼んでいた猫が迎えてくれた。

争に忘れられているような地点であった。大阪空襲のために潮岬上空から〝侵入北上するB29の編隊〟から見れば、〝通りすぎる地点〟の一つにすぎなかった。

このあと、そんな橋本中を驚かせた銃撃事件、橋本駅の貨車に積んであったドラム缶＝日本軍戦闘機の燃料を、機銃掃射によって爆破炎上させたのは、そのあとにやってきたアメリカ海軍の新鋭空母から飛来した艦載機であった。

（それがボートシコルスキーF4Uという、正面からだと両翼がW型に見える最新鋭機だとは――そのときは知るわけがなかった）

そのあとは、大阪行のB29の編隊を仰ぎ見るだけで、銃撃事件もあれきりで、

――戦争は終わった。

夏の紀ノ川は泳ぐ子どもたちで賑やかになり、わたしもその一員になりきって〝河童の川流れ〟を繰返した。家の裏から向いの河原に渡り、東に歩いて、ちょうど伯父の別荘の前あたりから川に入って、下の橋までゆるりゆるりと流れるのは

――何度繰返しても飽きることがなかった。

ここには大阪にはなかった時の流れがあり、それが紀ノ川の流れに沿ってゆるゆるとすぎていくばかり。何かをしなければ――といった思いなど溶かしてくれる。警報さえ鳴らなければ、頭上遥かのB29の編隊さえ見ることがなければ――ここは夏休み毎に墓参りに――いや、子どもだったわたしには遊びに来ていた〝夏《やすみ》の田舎《いなか》〟、なのであった……。

日暮れ前になって、釣竿かついで川畔に立ち、浮きの動きに目を配りながらも、いまの自分がここで暮しているのか、ひとときをすごしているのかが――ぼんやりしてしまう時間があった。

わたしども一家三人は、やがて〝畑仕事〟をすることになる。墓地の横に伯父が借りてくれた土地を〝畑〟につくり直しての畑仕事は、母が主たる働き手であり、

現在の橋本駅。昔の面影はない。

兄がそいつを支えており、わたしは頼りない助《すけ》っ人《と》として、水まきに動き回った。少しばかり畑になじむと、兄と二人で町から山の畑までを肥《こえ》を運んだ。肥桶《たご》道中なのである。兄は背の高い方だったから、いくつかの急坂はわたしが前を担ぐと具合よかったが——それに橋本《まち》から畑までには坂道が多かったから良かったが、平《たい》らなとこが厄介なのである。水は墓地の井戸のを使えたから有難かったが、それにしてもわたしにとっては〝広い広い畑〟と思える働き場であった。

　おふくろさんの白い美しい指は、少しずつ曲がって戻らなくなり、後年、それを見るとあの畑での日々がよみがえってくる。〝箸より重いものをもったことがない〟ようなおふくろさんだったのに、二人の息子のために毎日、畑で黙々と働いてくれた姿を、のちに墓参りにいくたびに思いおこした。

　晩年のおふくろさんは、「若い時分《じぶん》にこの町を逃げだしたもんやさかい、罰《ばち》が当たりましたンや」と笑っていたが、あの畑仕事こそ、二人の息子の食べっぷち生産の、崖っぷち仕事なのであった。——

　しっかりと鍬《くわ》を握りしめた毎日のせいで曲がってしまったおふくろさんの指に目をやるたびに——年齢を重ねるほど、その頃のおふくろさんの〝必死の毎日〟の辛《つら》さが思い出されてくる。兄やわたしのように紀ノ川にとびこんで泳ぐという〝解放感〟など味わうことのなかったおふくろさんにとっては、きつい日々だったにちがいなかったのに、ノーテンキなわたしは、それが見えずに、畑仕事の手伝いから戻ると、水が冷たく感じるときまで紀ノ川にとびこんでいた……。

　大阪に戻って暮すようになってホッとしたおふくろさんの顔ばかりが、今は目に浮かんでくる……。

橋本駅周辺。駅前の通りを一本入ると古い建物が並ぶ。

＊作品の舞台を振り返る

児童文学に出会った場所

名古屋

名古屋へは、大学時代にお世話になった新村猛先生の御縁で行くことになった。「大学院のゼミに遊びにきて、も少しベンキョーしたまえ……」と言われたものの、中学校勤めは結構忙しくて、先生宅には夜にお邪魔してベートーヴェン・コレクションを、ふんだんに聴かせていただいた。そして、夜半近くに自転車をとばして下宿先のお寺に戻ると、倒れこむように眠っていた。

わたしの部屋は、庫裏の横の二階だった。部屋に、顧問をしていた文芸部の女子生徒たちが遊びに来る。すると、部屋の横の木に登ってのぞく男子生徒がいる。「入ってこいよ」と誘っても、照れて見ているだけ……。名古屋の教師時代がもとになった『牧歌』のこれは実話の部分。このたび、そのお寺を訪ねてみると、道路拡張のために敷地が削られたとかで、その木や部屋は残っていなかった。残念。

朝は七時半に登校し、同期の新実《にいのみ》先生と、用務員さんちで朝食をいただき、一日が始まる。いわゆる教職専門の学校出ではなかったという理由から、新任教師中唯一担任のクラスがもらえなかったことが口惜しかった。

その代わりのように、図書係を任された。そこで、本棚で寄り添うように立っていた岩波少年文庫の何冊かと出会うことになる。それが、大人になったわたしと「児童文学」の再会になるのだから、人生何が倖いするかわからない……。

翌年、一年生担任になり、三年がかりで、それぞれの学年担任それぞれの難しさと取組むことになって、ようやく一人前のセンセになれたような気がした。――

当時は、中学校を出てすぐに社会《つとめ》に出る子もかなりいたので、三年生担任の仕事のポイントの一つは就職の世話にかかわる。

進学組の子には、とにかく親がついていてかまってくれるから、あとは本人の成績と希望校とのバランス次第ということにもなってくる。実力を考えて背のびしなければ、そこそこのところには入れるが、就職は人生の曲り角の一つだから、そこ

『牧歌』理論社　1985年

そこではなくて、しっかりとつきあわねば——と、こちらも力が入る。
就職組には親がかまってはいられないとこもあるので、こちらが親代わりになって走り回ることにもなる。教師になって初めて社会に出た——というようなわたしにすれば、いきなり大人の社会と対面するようなもので、緊張してしまうところがあった。それでは、ちゃんと役立っているなどとは言えぬ気がしていた。とにかく本人とも親とも、よく話すことができれば本心も聞けて、少しは役に立つ仲介も出来るかなと思っていた。就職についてはヴェテランの伊藤先生には、ずいぶんとお世話になった。とにかくこちらは、仕事についても、名古屋についても——「新人」であった。——

*

市川校長（取材当時）にお話を伺う。
桜丘中学校の校舎は
何度か建てかえられたとのこと。

↑上　名古屋市立桜丘中学校廊下。
↑下　現在の桜丘中学校の図書室。
赴任して一年目は図書係をし、
『ムギと王さま』や『星の王子さま』
たちと出会う。

→上から2段目右端が著者。
↑当時の正門。卒業アルバムより。
←文芸部の顧問だった。

毎朝、お寺から自転車で出勤する。徳川園を横目で見ながら、その横の長い坂をすべりおりると学校、であった。近いのは有難かったが、とにかく一日中〝学区内〟で暮すのがシンドクなってきて、紹介してもらった守山の旧家に間借りした。元・海軍中将のお宅だけあって、昔風に広くて静かな〝新居〟では、食事つきだったし五右衛門風呂にも入れてもらえたしで有難かった。

そこの兄妹とも仲良くなり、二階の下宿人のおじさんには、伊勢湾台風のときお世話になった。「土建《どけん》屋だでよ」と言っていたおじさんの指揮の下、台風の夜に雨戸押さえに全員で健闘したおかげで〝風〟が入ること——入ると、屋根が吹飛ぶし家がこわれるし——から逃れることはできた。

風がようやくおさまってくれたので、ほっとして玄関を出たとたんに、大穴にころげ落ちた。

玄関前の大きな松の木が根こそぎになって倒れて、出来たものであった。いやはや、思いもかけない落っこちになったが、怪我はなかった。

倖い瀬戸電《せとでん》は走っていたので、とにかく学校へ行くと、新実さんが来ていて、家が大破したと聞く。新築なのに——小高いところに建てたことが災いしたものらしい。狭いトイレに逃げこんでいたのよ……と、信じられない話。

わたしとしては、大阪大空襲、南海大地震につぐ〝災厄〟との出会いになった。学校の周辺は大丈夫だったようだが、少し離れた旧《ふる》い町では、あちこちこわれているらしい——と聞く。生徒たちの家の建っている範囲は広く、新しい町と旧い町とに渡っている。旧い町が心配だ。自転車にうちまたがって、家庭訪問に出かける。学校預けの愛車である。

テレビが映し出す名古屋市内の被害写真はかなりのものだったから、どきどきしながらまわっていた。その結果お屋敷町周辺は古い家も安泰であり、その反対側の

→右　徳川園黒門の前で。
→左　徳川美術館。『牧歌』では徳川園をモデルにした奥川園で写生大会がひらかれる。
←右　教師時代、寄宿していた覚音寺。
←中　寄宿していた覚音寺の離れは改築されていた。
←左　覚音寺から学校までは長い坂道が続く。

商店街のあたりも大丈夫だと分って、こちらも少しずつ元気になって家庭訪問を続けられた。学区内をぐるりと一廻りして、最後に母子寮で暮す吉村さんちを訪ねておしまい。みんな元気でいてくれたので、こちらも元気になる。教頭先生に報告して一休みしていると、次々に戻ってくる先生たちで職員室がにぎやかになる。そんななかで、自分が一日毎に少しずつ先生の色に染まっていくのが分る。先生の目になって子どもたちを見る。仲間の先生を見る。話す。溶けこんでいく……。

わたしが子どもだったころは戦争のまっただなかであった。それが大人になり、〝先生〟になり、その立場で子どもたちとつきあうようになった。

そこで見えてきたものがある。子どもも大人も、ちがった目で見るようになり、それまでには見えなかったところが見えてきた気もちがある。聞こえなかった声が聞こえ、子どもも大人もちがった顔をして、わたしの脳裏に浮かぶようになっていく。——

名古屋の教師時代に書いたわたしの最初の長篇『山のむこうは青い海だった』は、たしかに自伝的な要素、色合いをもっている。自分の世界を描いたように見える。しかし——書き終ったとき、そしてそれを理論社の編集者原幹夫さんに読んでもらい、小宮山量平さんに読んでもらって——それが一つの「作品」として成立していることを認めてもらったとき——次の一歩が踏み出せた。

それは、名古屋へ行かなければ——先生にならなければ、子どもの中に入らなければ、一緒に走り始めなければ、〝始まらない〟ことであった。それが、書いてみて、ようやく分った。

名古屋は新しい〝出発〟の土地、なのであった。

聖母女学院短期大学

東京の編集者暮しをやめて、学生時代に下宿生活を送った京に戻ることができたのは、京都女子大学の中川正文さんのお蔭であった。松居直さんに紹介していただいた大先輩であったが、「京で暮すんやったらガッコの先生でもしながらにしたらどうですか」——と、自分が引受けるはずの聖母短大講師のくちを譲って下さった。広い校舎に学生総勢百人という——夢みたいな有難い話。カトリック系やというので些か怯んだが、中川さんがつきそって下さってのシスター様たちとの〝御対面〟では、何だかノンビリいけそうなので、喜んで〝帰洛〟し、「児童文学」と「保育内容言語」とを受持つことになった。

聖母女学院短期大学は、
現在の京都聖母女学院短期大学。
↑上　赤レンガが印象的な学校法人
聖母女学院法人本館。
↑下　現在の図書館。

二万坪の土地の一番奥にある元・兵舎をかえた女子短大の急造図書室の片隅が、わが研究室になった。図書室係をおほせつかり、その奥の間が新しい〝お城〟になった。

絵本から現代児童文学について話す〝講義〟から始めて、年に一度の〝公開児童文学講座〟を開くまでに何年もかからなかった。

この聖母を舞台とした『私の彼氏』は児童文学ではなくて、フツーの小説のつもりで書いた作品だったが、長いこと児童文学漬けになっていたわたしの筆では、やはりその匂いが消えていない。そんな、足を半分そちらに浸したかっこうの作品になっている。

戦争の匂いはなくとも、元師団司令部だった赤レンガの建物は、一目瞭然、あの時代の色そのものだ。二万坪の敷地に百人の制服姿を蒔いてみても、煉瓦色に呑みこまれて消えてしまう。不思議な空間であり、時間であった。

『私の彼氏』新潮社　1990年

上賀茂神社

京に戻って最初に住んだのは、上賀茂であった。上賀茂神社の参道脇の芝生は広くて気もちよく、その頃はよく犬を放して遊ばせた。こちらは勝手に自分の神社、自分の家の庭がわりと、親しみをもっていたので、作品の中にも何度か登場する。

『ぼんぼん』の舞台は、とにもかくにも大阪——であったが、京のそこここも美しい点景のように顔を出している。戦争の日々を描くばかりのこの長篇の息苦しさに、小さな風を吹きこむ〝場〟として、ほっと息をつける空間になっている。鞍馬寺、太田神社、上賀茂の社家町、六角さん、〈錦〉、そして上賀茂神社。

上賀茂神社は、主人公の洋の〝こころの杖〟のような役割で生きる佐脇さんの登場場面（「狸と戦争」）に始まり、洋がクリスマス・デコレーションのガラス玉をもって恵津ちゃんに会いにゆくシーン（「京の夢・大阪の夢」）に続く。

恵津ちゃんの父さんが買ってくれた樅の木は庭に植えこんである。その裸の樅の木をにぎやかに飾りたてて、クリスマス・ツリーに仕立てあげられるのが、恵津ちゃんには嬉しかった。

―一年で、うちよりずっと背が高うなってしまわはったわ。

洋は、恵津ちゃんと仲よくツリーの飾りつけにかかり、そのあいだに恵津ちゃんのかあさんは、クリスチャンだった夫が福知山の連隊にとられ、さっさと戦場に〝もっていかれてしまった〟ことを思いおこす。それは誰にも言わなかったが、どうしてか〝目の前に生きて温和な目でこちらを見ている〟佐脇さんという男には――打明けてもよい気になっていた。あの人の書いた記事からクリスチャンたるこ

↖上賀茂神社の社家町。家々に明神川の水がひきこまれている。
←上賀茂神社の境内にて。

とを見破り、ツリーの飾りを、さりげなく〝ぼんぼんからの贈り物〟というかっこうにして訪ねてくれたこの〝けったいな男はん〟には、気を許してよい何ものかがあるのを感じて――話し始める……。

恵津ちゃんは、「ほんまに神社の杉をかざれるほどたんとくれはったんやなあ。……ほんまにおおきにィ……」と改まったお礼の言葉を繰返し、神社まで杉の木を見にいくことになる。そこで杉の梢を見上げた恵津ちゃんは、上賀茂神社にまつわる古い物語を洋にしてくれる。

神代の昔、このあたりに玉依《たまより》日売《ひめ》という美しい娘がいて、ある日賀茂川で遊んでいると、川上から朱塗りの矢が流れつく。もち帰って枕許においてやすんで――夜がふけると、その矢はがっしりした若者にかわり、二人のあいだに男の子ができ、おじいさんの賀茂《かも》建角身命《たけつのみのみこと》は館を建て、酒もりをひらく。そして孫に盃をさしだし、

「お前の父と思う人に、その盃を干してもらうのだ」

――と言わはったんえ……と、恵津ちゃんは優しく言う。

「男の子は盃を天に捧げたと思うと、ずばーんと屋根を打ち破って天高く飛んでいってしまいはったんやとォ……」

「それが賀茂別雷命《かもわけいかづちのみこと》といいはって、ここの神社におまつりしてあるんやとォ……」

帰りの道みち、洋は恵津ちゃんに聞いた〝神話〟をゆっくり胸の中で繰返していた……。

＊

昭和十七年もあと十日ばかり――という日の話――。

今回訪ねてみると、朱塗りの大鳥居や大杉はもちろんそのころのまンまで、二人がガラス玉を飾りたいと思ったしだれ桜は、ちょうど満開どきであった。

上賀茂神社細殿前で。

京の町屋

京には、古い町屋を上手に活かして使っている店がたくさんある。その造りに触れると、物語の一場面が浮かんでくることがある。

そのような店の一つ、「和久傳」に入り、カウンターに座ると、古くからの知り合いンちの一番落ち着くとこに腰をおろしたような、ホッとした気もちになる。

壁側の二階の天窓あたりから、外の光がやんわり入ってくるが、カウンターを照らすのは、すぐ頭上の柔らかな灯だ。

のれんを分けて板前さんが料理の大皿をもって、ふわんとでてくる。板前さんといっしょに料理が灯のようにともった感じ。

そんな造りになっているので、おーっとりとした気分で食べることになる。おいしい味がゆわんと口の中にひろがる、どの皿のものも、とろりと、おなかにおさまってくれる。口の中に〝おいしい〟が、ぽわりとともる。

(こんなのを口福――というんやろな)

と、毎度同じことをぼんやりと思っていると、口の中のものが、とろーりととけていって、また箸が次の皿にのびている。何度か繰返し、ふいと箸を休めて、おやあ、と気づくと目の前のお皿がかわり、次の料理がきている。おいしいの〝乗りかえの旅〟になる。――

―こんなに旨い魚、どこの海の?――と訊くと、北の海の漁港の名を、二、三あげられて、やっぱりそうやろなあ……とうなずきながら魚の身をほろほろとっている。ゆるゆるとした気もちで、これならいくらでも食べられそう……という気にさせてくれる。

このお店には、いろんな人といろんな人数で使わせてもらってきたから、あちこちの部屋でいただいた。けれどやはりこのカウンターがいちばん落ち着き、おいしく食べられる気がする。相性が良いというのだろうか。

この素材をこんなふうに——と、その工夫にうなずきながら、色々いろいろといただいてきた。わたしにとっては、味とくつろぎ気分からいって好ましく、ついつい通い続けて、もう何年になるやろか。

箸をおきながら、

（次はいつ来ようかなあ……）

と、いつだって次に来るのが愉しみになるお店——なのである。

『桜桃のみのるころ』は、この店の味と造り、とくにあの天窓なしでは、書けない一篇だった。

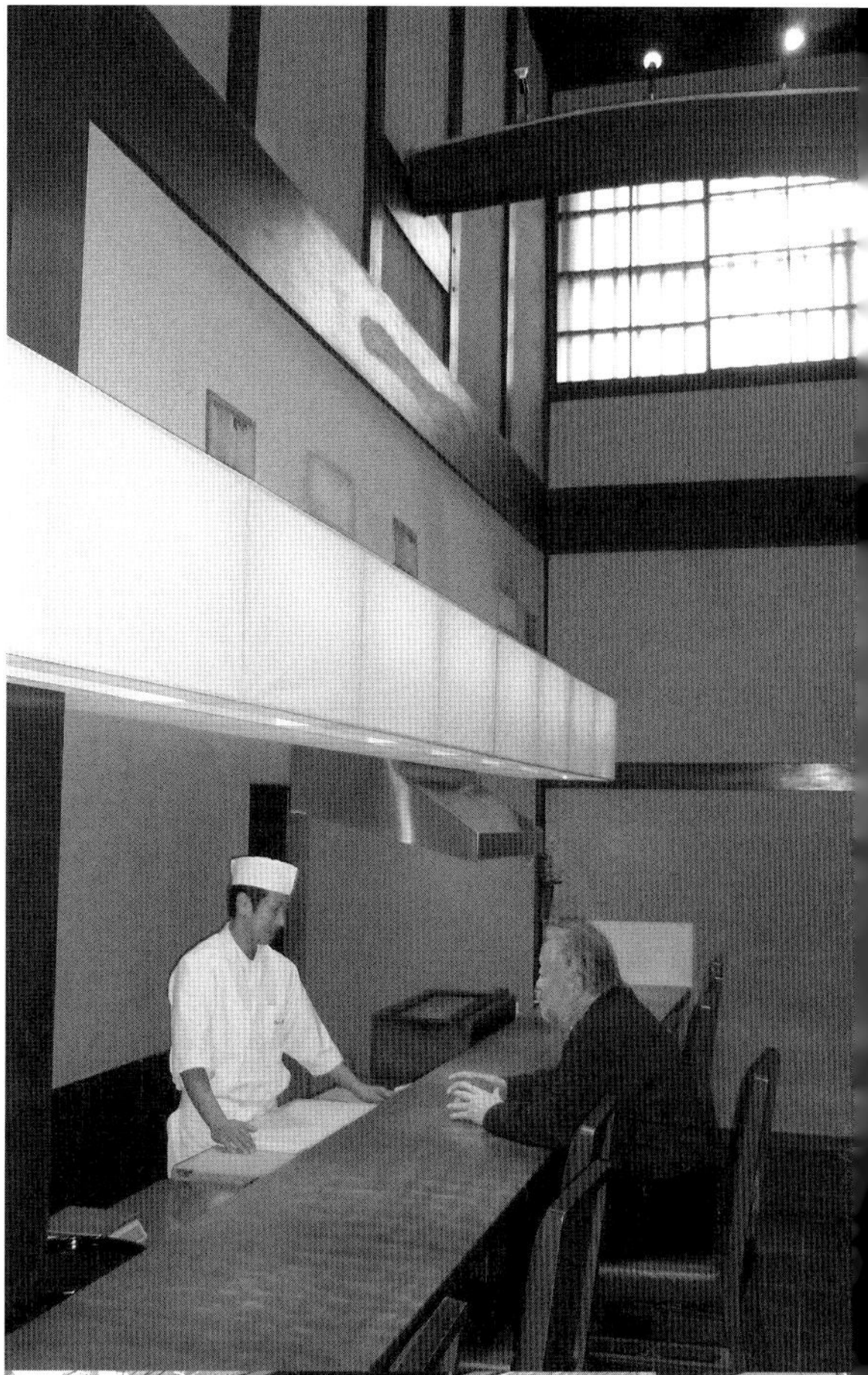

↗室町和久傳の店内。開放的な吹きぬけが美しいカウンター席。
→堺町通にたたずむ店。昭和初期に建てられた京町屋。

『桜桃のみのるころ』
BL出版　2009年

＊作品の舞台を振り返る

ボローニャ

贅沢な町、贅沢な時

毎年国際児童図書フェアが開かれているイタリアのボローニャに行ったのは、もう十年も前だから、京都でモランディの展覧会を見たのは、それよりもう少し前のことになる。たまたま小さな広告の絵に惹かれて見に行ったその展覧会で、すっかりモランディのファンになった。

そして、ボローニャ――。そこにモランディの美術館があると知っては、訪ねないわけにはいかない。わたしは人気《ひとけ》のないその場所に立っていた。

モランディの本物を本場で見たいがためにイタリアへ行ったような気がしていた。そんな気もちにさせてくれる美術館であった。

それは市役所の中にあった。もっとも、建物の中も外も市役所らしくない（もともと宮殿）――というか、造りがちがっていた。歴史と時間が静かにひろがる空間に、ひっそりとモランディを存在させている――という雰囲気があった。

その作品がつくりだす空間を、そのままゆるりとひきのばしたような空間のなかで、モランディさんは、ひっそりとやすんではるように思えた。ご本人が、そっと入ってきはっても何の違和感もない、上質でゆったりひっそりした空間――であった。

ルーヴルには、たしかに名画が目白押しであった。その広大な空間でも物足りないくらいのひろがりを見せる大作がどっさりと並んでいた。

もっとも、それらはみんな名画すぎて、こちらはもうさまざまな（複製）画集で繰返し眺めやったものが多くて、新鮮味に欠ける――という贅沢な不満をもった。

そこのところがモランディさんの作品はちがっていた。そしてそれは正に、その市役所のワンフロアに収まって正解――というか、落ち着いた存在感にしんと輝いて見えた。

二度と来られないかも――という気もちから、わたしは同じ部屋に何度か出入り

『オリーヴの小道で』
BL出版　2005年

し、同じモランディさんの絵を眺め直していた。画集にはなかった風景画の中に、入れそうな気もちになる。モランディさんの絵に惹かれて好きになったあとで、そんなふうに本物を眺められて倖せであった。そしてそれが短篇『オリーヴの小道で』を書くきっかけにもなってくれた。書きながら、あのひっそりと静かで贅沢な空間と、思いもかけず何枚も見た風景画の――しんと静かで贅沢な小世界を思い浮かべていた……。

美術館の入り口。

2002年春、マッジョーレ広場にて。モランディ美術館は広場に面した市庁舎の中にある。

美術館へとつづく美しい階段。

ニース。旧市街にて。

絵本の原風景

『あのこ』

宇野亜喜良

一九六四年だったのか一九六五年だったのかはっきりしないけれど、友人の和田誠さんの紹介で今江祥智さんと初めてお会いした。これもはっきりしないけれど、和田誠さんは今江さんの編集による「ディズニーの国」にイラストレーションを描いたり、和田さんの私刊本のシリーズの中の一冊で『ちょうちょむすび』が今江さんのテキストででき上がっていたりした頃だと思う。

待ち合わせ場所は銀座の喫茶店「ウエスト」だったと思う。この店は和田さんが勤めていたライトパブリシティというデザイン会社の近くで、ぼくがそこに着いたときには昼休みの時間が過ぎて会社に戻ってしまい、今江さん一人でそこにいらっしゃった。ここのところの話は今江さんが何回となく記述されていた。今江さんの文章でぼくの記憶ができ上がっているようなところもある。今江さんによるとその時は急に雨になりメアリーポピンズのようにぼくが入って来たということにもなっている。

あらかじめ「あのこ」の絵本化の話が決まっていたのか、これも記憶がないけれど、突然「あのこ」の原稿が目の前に出された。流麗な、しかし優しい味のする文字が並んでいて、短篇と言っても結構な枚数があった。

「わたし馬と話ができるのよ……」と始まるこの話はどうやら戦争中の疎開地の出来事らしい。

原稿を読むとすれば、ディテールが気になり、ぼくの中にもある戦中体験と合流してリアリスティックな考察に支配されそうに思えた。坊主刈り、国民服、モンペ、ゲートル、開衿シャツといった風俗は、あまり描きたくないという判断もあって、全体像を知るためにも、まず話を聞こうと思った。

今江さんは、こんな話です、と少し関西風なアクセントでまとめて話してくれた。

このとき耳にした関西風なアクセントは、今もずっと変わらずあのニュアンスの中に今江さんの詩精神のようなものが内在しているように思えた最初だった。

一ヶ月ほどで描き上げたイラストレーションは、過去の作品群の中でかなり出来の良いもので、それを追いこすものがその後描けていない気がしている。

『あのこ』
理論社　1966年

一九六三年のこと

和田 誠

ぼくを今江祥智さんに引き合わせてくれたのは谷川俊太郎さんです。一九六〇年、サラリーマン・デザイナーだったぼくが描いた象の漫画を会社が出版してくれて、『21頭の象』と題したその本がぼくの処女出版になりました。ぼくは喜んで何人かの知人友人に送りつけたんです。その中の一人が谷川さん。

谷川さんは「この人たちにも送るといいよ」と二人の名前と住所を書いたメモを渡してくださった。今江さんと松居直さんです。さっそくお送りするとお二人から返事をいただきました。松居さんのは酷評でしたが、今江さんのは「近いうち挿絵を頼みたい」というものでした。その挿絵は『わらいねこ』で実現しました。一九六三年のこと。

今江さんは創作の傍ら「ディズニーの国」の編集長でもあった時期です。「ディズニーの国」はディズニー漫画を日本に紹介する雑誌ではあったけれど、それだけで満足する今江さんじゃありません。後半のかなりのページは今江編集長独自の企画で作られていました。ユニークな企画の一つはショートショートで人気絶頂の星新一さんに、子ども向きのショートショートを依頼したこと。その挿絵はぼくが指名されました。これがその後ずっと続く星さんとぼくの文章と挿絵コンビの口火になります。これも一九六三年。

もう一つ、一九六三年はぼくが私家版絵本を作り始めた年でもあって、シリーズ二冊目のテキストを今江さんにお願いしたんです。それが『ちょうちょむすび』でした。調子づいて星さんにも原作をお願いしたいと思ったけれど知り合っていないし敷居も高い。でも今江さんに相談したら仲をとりもってくださって実現しました。『花とひみつ』です。

いろいろお世話になったお返しというわけではありませんが、今江さんに「宇野亜喜良さんを紹介して」と言われてお引き合わせしました。名コンビの誕生です。ぼくが紹介しなくても、このコンビは必ず生まれたと思うけれど。

『ちょうちょむすび』
私家版　1963年

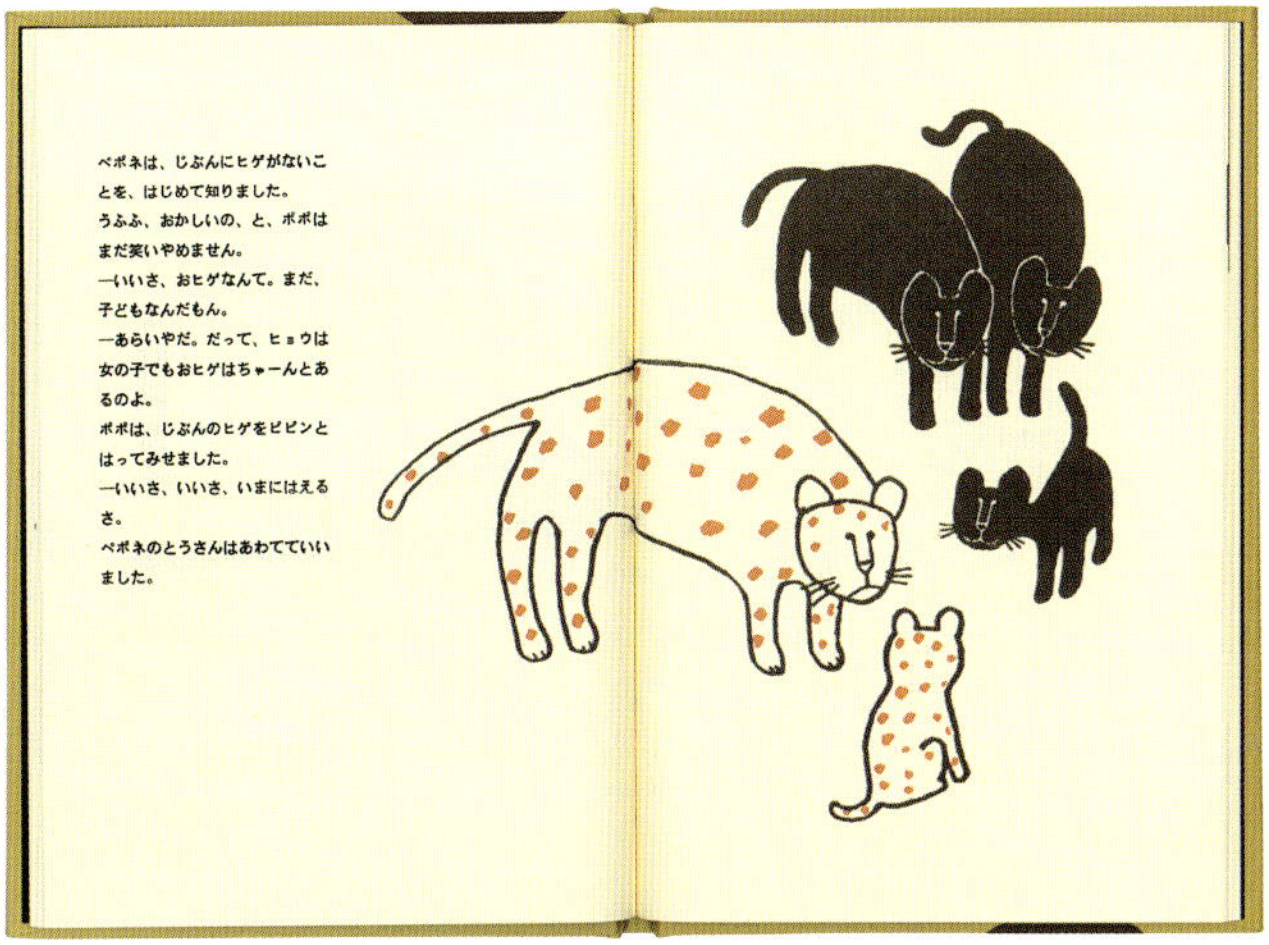

『なんでてんねん天満はん』

長 新太

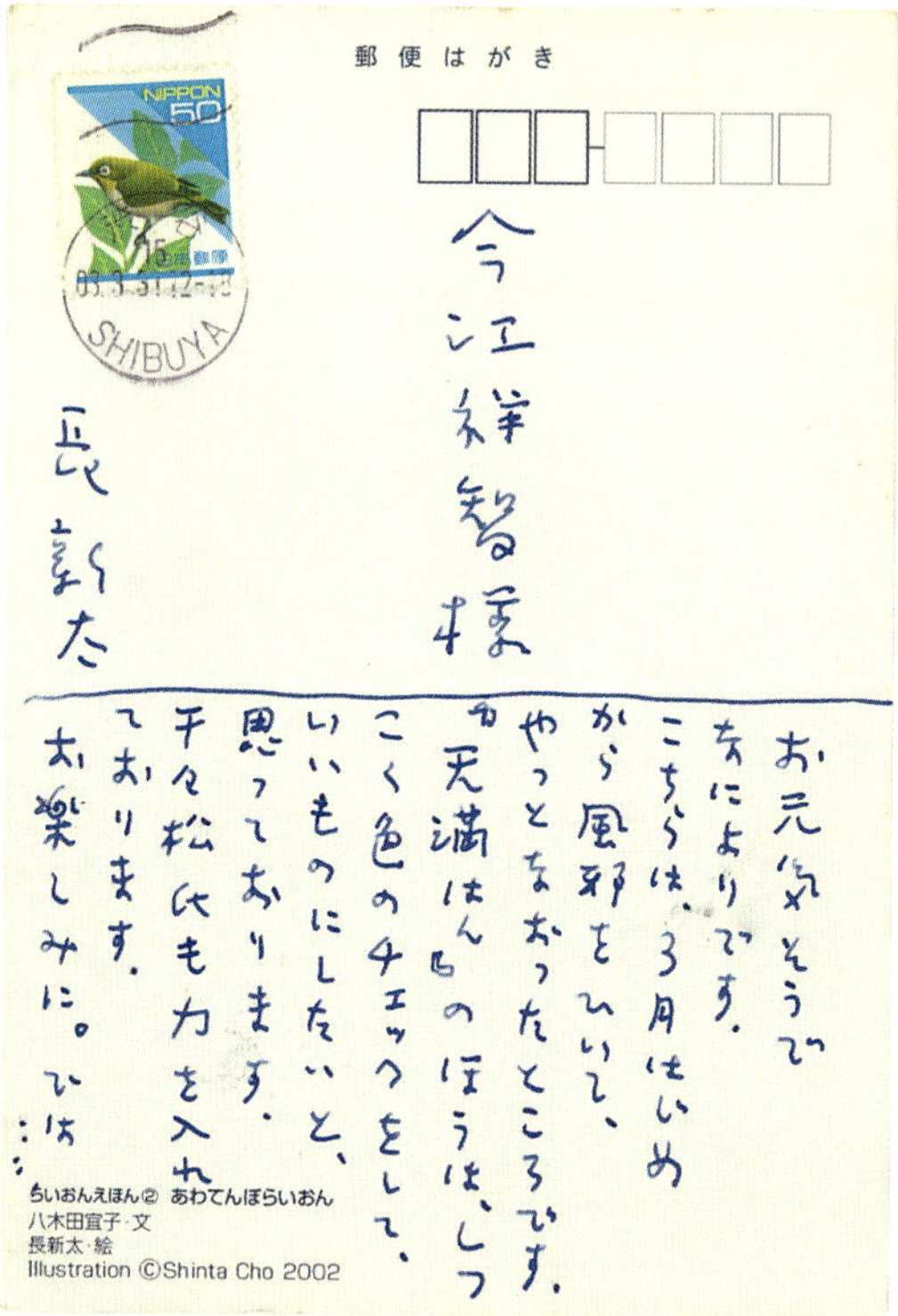
郵便はがき
NIPPON 50
SHIBUYA 03.3.31 12-18
今江祥智様
長新太
お元気そうでなによりです。こちらは、3月はじめから風邪をひいて、やっとなおったところです。『天満はん』のほうは、しつこく色のチェックをして、いいものにしたいと、思っております。千々松氏も力を入れております。お楽しみに。
ちいおんえほん② あわてんぼらいおん
八木田宜子・文
長新太・絵
Illustration ©Shinta Cho 2002

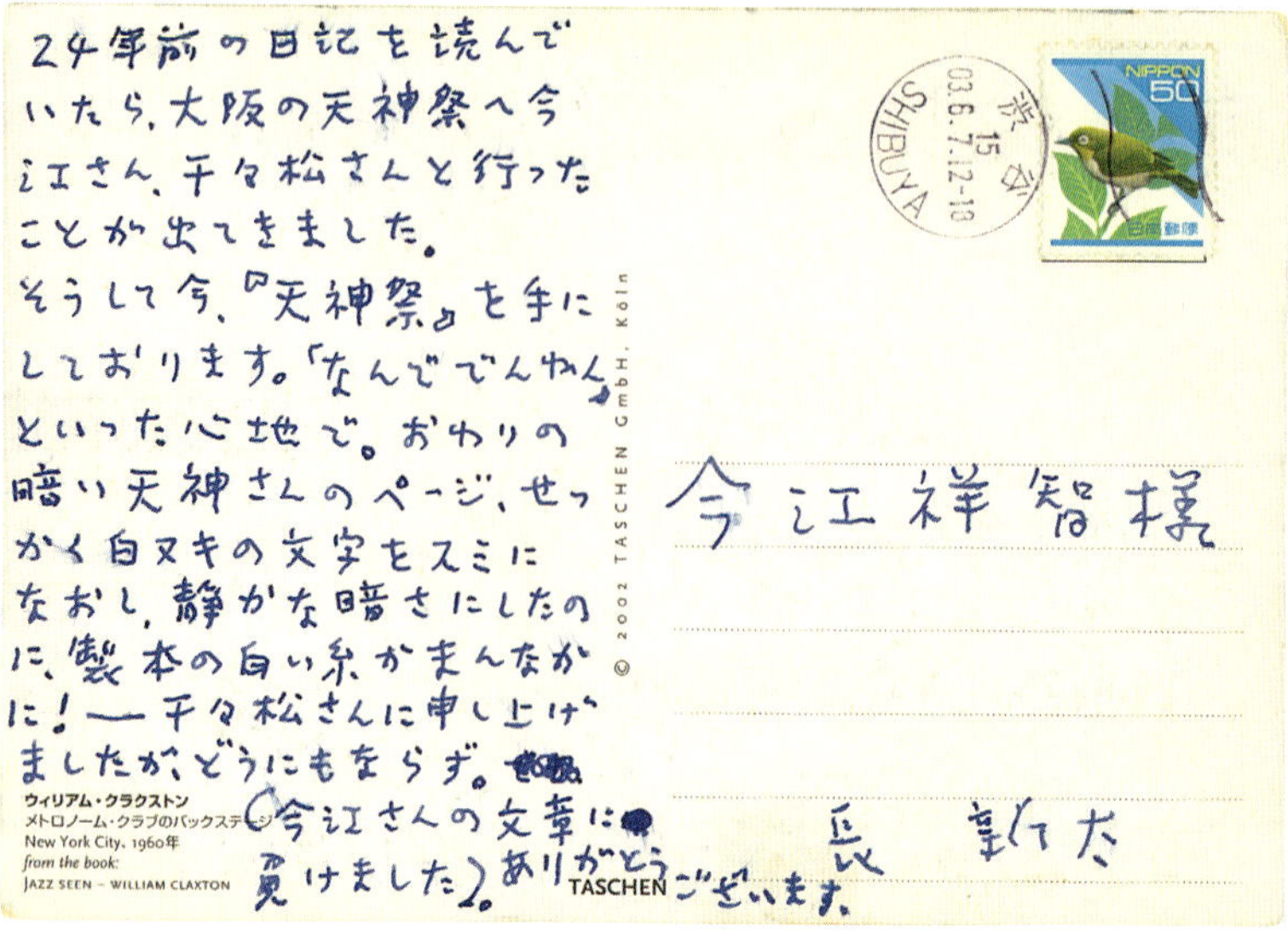
24年前の日記を読んでいたら、大阪の天神祭へ今江さん、千々松さんと行ったことが出てきました。そうして今、『天神祭』を手にしております。「なんででんねん」といった心地で。おわりの暗い天神さんのページ、せっかく白ヌキの文字をスミになおし、静かな暗さにしたのに、製本の白い糸がまんなかに！―千々松さんに申し上げましたが、どうにもならず。（今江さんの文章に負けました。）ありがとうございます。
渋谷 03.6.7.12-18 SHIBUYA
NIPPON 50
今江祥智様
長新太
ウィリアム・クラクストン
メトロノーム・クラブのバックステージ
New York City, 1960年
from the book:
JAZZ SEEN – WILLIAM CLAXTON
TASCHEN
© 2002 TASCHEN GmbH, Köln

『なんでてんねん天満はん』制作時に長新太氏より送られたハガキ。

『なんででんねん天満はん』
童心社　2003年

なんででんねん
天満はん
天神祭
今江祥智・ぶん　長 新太・え

天神さん、いうたら、もともとは
菅原道真はんちゅう、えらいおかたを
おまつりしてるお宮さんですわ。
ほんまやったら、天神さま、でっしゃろな。
そやけど、天神さまも大阪の人にかかったら、
「ちょっと天神さんへ行てきま。」
なんて、気やすうでかけるとこですのや。
おふろやへでも行くみたいな気ィで、
ついでみたいなおまいりをして、そのくせ、
ごちゃごちゃと、なんやかやたのみごとだけは、
するのンわすれヘンとこですねン。

トーンテーン　トコトコトッテンテントン…
どおおおーん！　ぱぱぱーん…
チャカチャン　チャカチャン　チャンチャカチャン　ジキジキ　ジンジキ　ジンジキシン
ぱあああぁ！
トーントト　トントン　トーントト
ずっぱあぁん……ずん！
チャカチャン　チャカチャン　チャンチャカチャン　ジキジキ　ジンジキ　ジンジキシン

『ヒコーキざむらい』のこと

長谷川義史

あれはいつやったやろ、えーといつやったやろ、今江先生の文章「ヒコーキざむらい」に絵を描いてほしいと依頼がきたのは……。

　とりあえず急な話やった、そんなんでけへんよというスケジュールでした。

　こまったなあ……。でもなあ……今江先生のお話やもんなあ、やらしていただかなあかんわなあとお引き受けした。

　以前に一度今江先生の文章に絵を描かせていただいている。『いろはにほへと』という絵本です。そのころはぼくはまだまだ駆け出しで、いえいえいまも必死に駆け出しているのですが、とにかくその頃のぼくをなんとかしてやらねばと今江先生は仕事をくれはったんやと思うのです。いろはにほへと、いろはにほへと……。その絵本で日本絵本賞なるものをいただいた。教科書にも載っとります。ありがたいことです。

　よしなんとか一生懸命描かせていただこう。「ヒコーキざむらい」


時間がないからこそいい絵が描けることがあります。そうや今回もそうやそうと信じて描いてみよう、なんとかなるわいなと。

　文章を読ませていただいた。ミチというヒコーキが怖い女の子とヒコーキが好きで旅が大好きなミチのばあちゃんとのお話です。

　一度読ませていただいてこれはもう映画です。映画を観終わった感覚です。

　なんとも優雅でおしゃれで気品があります。そう今江先生の文章にはどの作品にも品がございますね。文章ではなにも書いておられませんがその行間からかもし出る風景、映像、においがございます。それを絵にするのがぼくの役。

　ミチのばあちゃんが大空高く飛ぶところを描かねばと、そしてそしてミチが初めて両の足を地面に着いて大きくジャンプするところを描かねばと……。描けたでしょうか。上質の映画を一本観終えたときのようにできたでしょうか。

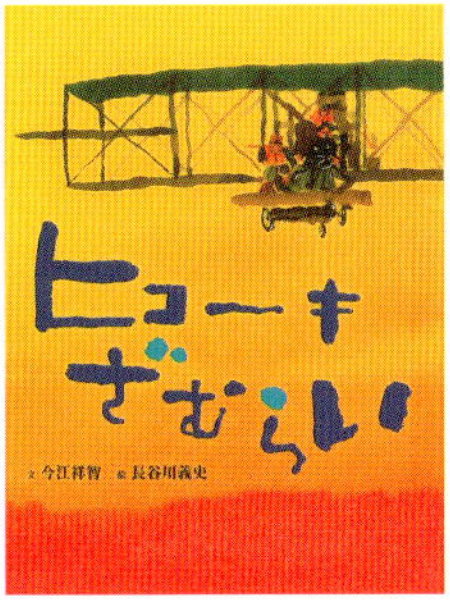
ヒコーキざむらい
文 今江祥智　絵 長谷川義史

『ヒコーキざむらい』（頒布版）
フェリシモ出版　２００８年

幼いばあちゃんは、その話をきくのが好きだった。心のなかで、

（もっともっと高くたかーくあがれ……）

と思っていたから、とうさんが話のなかでヒコーキを少しずつ高く高く遠くまでとばせていっても、本気できき、大きくうなずき、ひとみをかがやかせた。

そして、

（いまに大きくなったら、わたしもとうさんみたいにヒコーキにのって空高くまいあがるのよ……）

と、むねのおくで決心していた……。

18

わかるかい、たったの三メートルだったんだよ、そう思えば、こわくなくなるさ、ミチ、おまえだって体育は好きで、走りはばとびだってすごいっていうじゃないか、三メートルくらい、ほんのひとっとびさ、ヒコーキだっておんなじさ、ほんのひとっとびさ、ヒコーキざむらいのヒマゴだろ……。そういってやるんだ。そしたら次の次くらいにさそったとき、ミチはいっしょにのってくれるさ……。
26

なにもかも超弩級

片山 健

私にも空襲の経験はあります。夜になると警報が鳴って電灯が消され、まっ暗闇の中だれかがスッポリ防空頭巾をかぶせてくれた。防空壕は近所の人達も一緒で殆ど女の人ばかりだった。B-29はいつも我々の頭上を通り過ぎ、町はずれや近隣の町の航空関係の軍需工場を破壊し尽した。ぞろぞろ防空壕から出ると、遠くの空がまっ赤に染まり、たぶん重油が燃えるまっ黒い煙の中に赤い三日月が浮かんでいて、私は月が燃えているのだと思った。

関西で空襲を経験した今江さんは、何度も猛火の中をお母さんと逃げまどい、かいくぐったらしい。私は空襲の阿鼻叫喚を見てもいないし聞いてもいない。私は記憶に残る戦争中のわが場末の商店街に焼夷弾の雨を降らせることにした。

今江さんのテキストはなにもかも超弩級で、特に何度も出てくる音が超弩級である。十一頭ものザトウクジラが荒れ狂い、みずからの巨体を暮れゆく海にいつまでもたたき続ける音。一方的な空襲に業をにやして打ち上げられた大花火の腹にズシンと響く音。絵で音を感じさせることなんてできるのだろうか。力を入れれば入れるほど音は遠ざかった。こんなことでは十七歳になったばかりの若者が、一世一代ま新しい褌を緊めてたたく大太鼓が、はらわたをゆるがす超弩級の音を出してくれるかどうか、はなはだ心もとないではないか。

でんでんだいこいのち
今江祥智 文
片山 健 絵

『でんでんだいこいのち』
童心社　1995年

花火は、空からふってきよった。
あちらさんのひこーきからおとされる、ばくだんの花火玉よ。とうちゃんがすんどった下町は、木と紙の家ばっかなもんで、ばくだんはもったいないと、しょういだんをまきちらしてもやし、やきつくすつもりだったんだと。
こちらには、むかえうつひこーきもないとしると、あちらさんのは、ひくうとんできて、どっさりまきちらしよったと。

たまりかねたとうちゃんが、だいじにとっといた花火玉もちだし、みはりだいにかけのぼって、つぎつぎ火ィつけていったと。
とうちゃんのうちあげたいちばんいせいのよい、その大花火の音が――おれの耳のおくにも、はっきりきこえてくる。

ちからたろうのころ

田島征三

今江さんは、丘の上に住んでいた。ぼくは、長男が生まれたばかりで、そのせいで、雑木林の中の一軒家を追い出され、狭いアパートの暮らし。

今江さんのおかげで『ふるやのもり』を出すことが出来、長新太、赤羽末吉、瀬川康男、和田誠さんたちが大絶賛してくれたのに、一般には評価されず、それどころか、汚い！色が渋すぎる！大人向けだとけなされ、仕事が全くない。

食べるものにも、困って、一家で今江さんに厄介になる始末。

今江さんも困り果て、用意してくれたのが『ちからたろう』。今、読んでみても素晴らしい文章なのに、「ここを削れ」「あそこを直せ」と、えらそうに電話で注文をつけまくった。

さすがの今江さんも怒って、ガチャンと電話を切り、次の瞬間、丘の上から自転車でまっしぐら、アパートに飛び込んで来た。

結局、ぼくが思いっ切り伸び伸び描けるように、文章を短くしてくれたりした。

『ちからたろう』が当たって、仕事が山のように来るようになったころ、今江さんは京都に引っ越していった。

『ちからたろう』以後も今江家に上がり込んで、児童文学の世界はつまらん！などと、ろくに本も読まずに、いちゃもんばかりつけているぼくがうっとうしかったんだろうなと、恥ずかしく、申し訳なく思い出されるのだ。

『ちからたろう』
ポプラ社　1967年

はじまりはこんなふうに

杉浦範茂

一目惚れでした。書店で『わらいねこ』の和田誠さんの背カットに惹かれて開いた目次を見てでした。もう半世紀程も前のことです。

申し訳ないことに、今江さんの名前をこの時知りました。昔から不勉強だったのです。

『わらいねこ』からほぼ十年、長新太さんの出版パーティーで、長さんに紹介して頂いて今江さんにお逢いしました。嬉しさと極度の緊張でどのようなことをお話したか余り記憶にありませんが、絵本『そこがちょっとちがうんだ』の話を、今江さんの口からお聞きしたことは鮮明に覚えています。

実際には私の方が四ヶ月程早く生まれていますが、今江さんには年下に見えたようです。

もともと幼稚な上に、極度の緊張で固まってしまった結果の稚拙な対応がそうさせたのでしょう。この稚拙な塊は、テキストを受け取ってからも固まり続けます。岩のようになって、何時までたっても動き出さない私に、今江さんは何と

「京都へ遊びに来ませんか……」

心遣いのお誘いです。当然、余計に固まってしまう……と躊躇します。しかし心遣いを無駄にする訳にも行きません。動かない岩より、動くかもしれない岩に望みを掛けました。

厚かましくも岩のまま京都へ行ってしまうのです。

今江さんの優しさに甘えきった私は、何軒ものお店で美味しい料理やお酒を充分過ぎる程堪能させて頂いて、真っ赤な顔で言ってしまうのです。

「ここで失敗したら、後が無いように思うのですが……」

四十年程もたった今思い出しても、お酒無しで真っ赤になります。それでも今江さんは微笑みながら

「そんなことないですよ。」

このひと言がどれ程大きな力で後押ししてくれたことでしょう。

今、改めてページを繰ってみますと、気負い過ぎ、締まりの無さ……と言った箇所の多いのが気になります。とても成功作とは思えませんが、こうして、今、言い訳の場を与えて頂けたことが嬉しくて、昨日のことのように思い出されます。

今江さんの後に掴まって、子どもの本の海を泳いでこられたのも、すべて今江さんあってのことと感謝の他ありません。

『そこがちょっとちがうんだ』
文研出版　１９７６年

＊エッセイ

おいしいもン好き

小学生の頃に住んでいた塩町通に伯父の料亭「大市《だいいち》」があった。母に連れられてよく遊びにいった。広い厨房の板前さんたちが、よく〝おいしいもン〟をつくってくれて「ぼんぼん、食べてみなはれ」と手渡してくれた。大人の舌に合わせた味だったが、馴れると、おふくろさんがつくってくれるもンより、おいしかった！「舌が肥えすぎて困りますがな」とぼやきながら、おふくろさんも口にして「無理おませんなあ」と笑っていた。

「お父さんがここの仕入れ部長をしてはったときからの品揃えやもン、もとがおいしおますもンなあ……」

〝食い道楽〟のおやじさんに苦労しながら鍛えられてきたおふくろさんも「うまいもン好き」であったから、和風昔風であったが、おいしいもンには目がなかった。

昭和十六年六月におやじさんが急逝し、暮れにあの戦争が始まったあとでも、伯父の店にいけばおいしいもンが食べられた。食材はみるみる逼迫払底していったが、伯父の才覚で続けていけた。大阪の師団のえらいさんと軍需工場関係のえらいさんを客にすることでつ・な・いでいけたのだった。海の魚が入りにくくなると、鯉を大量に仕入れ、酒は軍関係者が運びこんでくれた。〝大日本帝国陸軍御用達〟というわけであった。そんなことなど露知らぬわたしは、母に連れられて伯父の店に行き、栄養補給してもらっていた――というわけであった。舌が肥えるわけである。わたしの〝おいしいもン〟好きは、この頃から培われていたわけであった。――

それが大阪初の大空襲で一夜にして「ユメ」と消えた。わたしどもの住居《うち》はもちろん、なつかしの塩町町内の家という家が一夜にしてきれいさっぱり焼き払われてしまった。伯父の料亭も灰になった。わたしども一家は少し回り道をしながら（何とか大阪近辺に住みたくて、まず生駒に家を借りた）、とどのつまりは伯父が故郷橋本に建てた別荘に逃げこみ、おふくろさんの生まれ育った小さな町の旧家の離れを借り、おやじさんの墓地の隣に畑地を借りて生まれて初めての〝百姓仕事〟

に精を出すことになった。

　さつま芋、じゃが芋、トマト、ナスに始めて麦までつくった。麦はパンとかえてもらえたし、芋は主食であった。おいしいもン好きどころか、とにかくいのちをつなぐたべものを自分の手でつくること——であった。紀ノ川での魚釣りも栄養源確保のために大事な〝仕事〟になった。兄ちゃんは堺の工場へ〝勤労動員〟されていたから、魚の確保はわたしの仕事になった。南海高野線にしがみつくようにして大阪の中学校に通いながら、早朝、夕暮れどきが魚のかきいれどきになった。必然的に釣りがうまくなった。

　—お父さんも釣り好きで上手やったさかい、少しは遺伝もあるのンですかいなあ。

　と、おふくろさんも認めてくれるようになった。釣ってきた魚は、即〝食糧〟になったが、だんだん沢山釣れるようになると、残りはおふくろさんが上手に焼いて串刺しにして〝保存食〟に仕立てた。とにかく栄養源の確保なのである。自分たちの手にかけるもの以外をあてにしてはならなかった。生まれて初めてつくった豌豆《えんどう》が主たる〝豆御飯〟のおいしかったこと。豌豆も米粒もキラキラ輝いて見えた……。

*

　それから何十年かがすぎる。おいしいもンを食べたければ、せっせと原稿を書いて原稿料をおいしいもンにかえるとか、本を出してもらって印税でおいしいもンを食べにいくとか、たまには自分でおいしいもンをつくって食べることもある……とかいうことになっていく。

　何にせよ、あの橋本暮しの畑仕事から〝やり直し〟みたいにおいしいもンとのつきあいが始まったということだったろうか。

今江祥智の作品を読むと、何だかお腹がすいてくる。塩をつけただけのキュウリ、京野菜のえびいもなどが、今江祥智の筆になると読者の胃袋を刺激するのだ。その描写からは人生哲学もうかがえるようで……。出汁巻きの名人という著者が料った、おいしい文章をめしあがれ。

野菜というものが、これほどたっぷり次々とみのってくれるとは夢にも思わなかった。ナスビは、とっときの醤油でたきつめておくと、日もちしたし、トマトは果物がわりにずいぶんおいしかった。もぎたてのキュウリを墓地の井戸水で洗い、つめたくしたのに塩をぬりつけてかじると、生き返る思いがした。塩っぱいキュウリで歯を洗っているようで、口がひきしまる気がした。

『兄貴』より

佐脇さんが、できあがった狸汁をもってあがってきたのは、そのときだった。

—さ、たんと食べて、ぬくもりなはれ、ぼんぼん……。

ひと口食べて、洋次郎がとんきょうな声をあげた。

—あれ、この肉の味、かわっとんなあ。

—ほんまや。

洋も応じた。佐脇さんはひとごとみたいにぼそんと言った。

—これからは、いろんな肉も食べんならしませんで、ぼんぼん……。

『ぼんぼん』より

とうさんは昔風なので、朝はごはんでないと、たべた気がしない。いや、一日中働く気さえしない。そんなとうさんがいる家では、むろん、娘も朝を紅茶とパンですませる習慣はなかった。

ごはんをちゃんとたき、焼魚、煮物、漬物に味噌汁だけは、最低そろえたかったから、そいつをつくってたべて、学校にまにあわせるには、逆算して、かなり早起きしなくてはならなかった。

『優しさごっこ』より

また夢の続きに舞い戻りそうで、塒《ねぐら》に着くと、暫くぶりで包丁を握って手早く一品つくった。揚げ豆腐にネギを詰めて焼いただけのあてだったが、冷や酒に合う。旨い。

それなのに、

(豆腐がちとせで、ネギは勝子——みたいに感じるなあ……)

といったぐあいに、思いが揺れてくるのである。

『袂のなかで』より

ほのぬくくてまったりとした味が、ゆあーんと口の中にひろがるところで、舞《まい》は半分目を覚ました。

(なに？　これはなんのお味？…………)

すると耳許《みみもと》で声がした。

—えびいもをたいたんです。

(えび？　いも？　どっちなの？　たいたん——って？)

『桜桃のみのるころ』より

—そらそうや。あのときは、ゆでたまごなんか——、それもとうさんの作ったのなんか——と、どこかで思てたやろ。そやから、食べてみて、あじがなんばいにもおいしいかんじられたんや。

とうさんは、そうせつめいしてくれた。

—そんなもんかなあ。

—そんなもんやで。食べる人の、そのときどきのきもちでも、あじはかわってくるもンや。

『ゆきねこちゃん』より

いまの勘兵衛は、もうなんの力《りき》むこともなしに、どこへでもいき、どこのみせにもはいり、どんな菓子でも買え、すきなだけ食べられました。

（それもうれしいが、それよりも、じぶんでもこれはうまい、とおもえるものをつくれるようになったのが、なによりものこと。）

勘兵衛は、じぶんがつくった酒まんじゅうをうまそうに五つばかりたいらげながら、そのおもいをかみしめます。

（うまいものはうまい。酒でも菓子でもおんなじことよ。）

『まんじゅうざむらい』より

—舌鮃《したびらめ》です。ムニエルにします。シェフが教えてくれた。

—ここの舌鮃は旨いで。わしやったら五匹はいける。

—こんな大きなお魚を五匹も!?

—ああ。旨いもんやったら何度でもお代わりができる。腹が一杯になってもまだ食える、そやないと、ほんまに旨いとは言えやん。

『食べるぞ食べるぞ』より

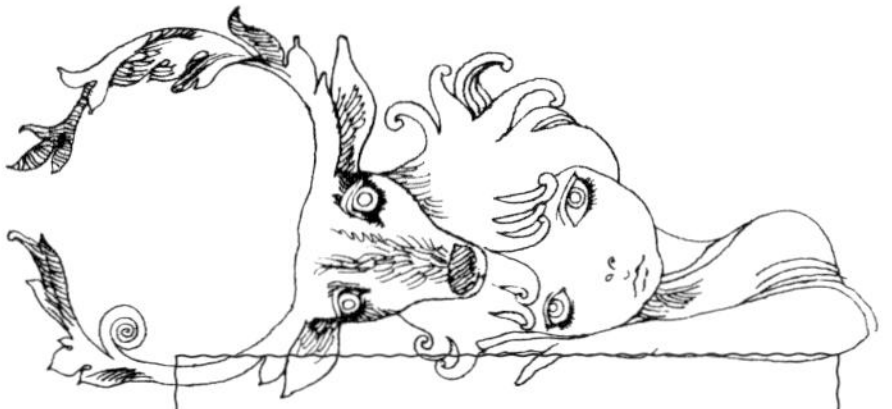

今江祥智の作品を語る

『ちょうちょむすび』
実業之日本社

感謝『ちょうちょむすび』のこと

一冊を選ぶといわれて、途方にくれました。「一冊」と呟いた途端、あの本もこの本も心の中に犇《ひし》めいてきて、すぐに決めることなど、とてもできなくなりました。

困ったまま時をおいていると、その沢山の中から、最初に出会った『ちょうちょむすび』の表紙、ヒョウのペポネの顔がふわりと浮かびました。すると新宿の本屋さんで下から四段目の棚にならんでいたのをみつけ、そっと取り出したこと、帰宅の電車の中で読みはじめ、駅を二つか三つ乗りすごして慌てたことなどが、つい昨日のように甦ってきました。

この一冊のであいのなんと嬉しかったことでしょう。楽しく不思議で、怖くて面白くて温かい。私はくり返し読みました。

あとがきに「お話の方が、動物、ちょんまげ族、民話の世界とゆめの世界の連中という四色《よいろ》の主人公なので、それぞれに画風のちがう四人の画家にかいてもらったのです」と書かれていますが、それぞれの作品にぴったりの見事な絵で、読者にとって、なんとも贅沢な一冊でした。その時から本屋さんに行くと、お名前を探すようになりました。

その頃、わたしは東京に暮していました。童話に恋をして、どきどきしながら書いたり消したりしていたのです。そして同じように童話がすきな友達Hさんが、今江さんのお家に初めて連れていって下さったのは、『ちょうちょむすび』を宝物にしてから、一年ほど過ぎていました。その日のお話と美味しいお料理、可愛い冬子ちゃんの笑い声……私はきっと頭も胸もおなかもいっぱいで、ふわふわした顔になっていたと思います。

あの坂の上の窓硝子の明るいお家にうかがったのは、それから何回ほどだったでしょう。まもなく今江さんは京都に帰られ、その少し前に私は仙台に引越してしまいました。

ふり返ると四十八年前『ちょうちょむすび』からもらった喜びも、その折々の楽しい時間のお礼もちゃんと申し上げていない気がしてきました。なんということでしょう。今頃でごめんなさい。長い時をおいて、ほんとうにありがとうございました。

あまんきみこ（作家）

今江祥智の作品を語る

岡田　淳

『あのこ』
理論社

二重の幻想

装置がない暗い舞台。スポットライトに「あのこ」が浮かび上がる。疎開してきた町のこどもたちが、村のこどもたちが、そして太郎が浮かび上がる。ときとしてホリゾントが現れ、駆ける馬が映し出される。最終的には太郎だけが残り、ホリゾントに白いちょうが圧倒的に舞い、甘く鋭い後悔のうちに幕が降りる。と、まあそういう印象があった。

　その印象は宇野亜喜良さんのイラストレーションに負うところもあるなと思っていた。

　ところがこの原稿を書くにあたって再読すると、今江さんの文章が、すでに装置がない役者だけの舞台なのだった。宇野さんは今江さんの話を、今江さんの距離感で、そのまま絵にした（それができるのがすごい）と思った。

　装置がない舞台。詩。被写界深度を浅くして対象だけにピントをあわせた写真。あるいは背景のわからない夢――。それを保証しているのは、「あのこ」という直接的なのに手が届かない題名と不思議な感覚である。

―あのこはそっと目をつむった。

　そうすれば、目の前に馬が見えるのだった。

　この文章が不思議だった。

だれの視点で語っているのだろう。心のなかの描写ができるのは本人か神さまである。本人なら「わたしは」だし、神さまの視点なら「○子は」と固有名詞がくるだろう。それが距離を置いた「あのこは」である。するとつまり、これは太郎の想像なのだと気づいた。じつは全文、太郎の視点で書かれていたのだ。作者は太郎によりそっている。

　さらに「あのこ」の「馬」は「あのこ」の想像、幻想なのだ。

『馬』を想像している『あのこ』を太郎が想像している。この二重の幻想が、はっきりしているのに遠い、背景が闇の、夢のような世界を創り上げていると思う。夢のよう、でも逃げていかない。打たれた手としがみつかれた腰の感覚が現実につなぎとめているから。

「あのこ」の匿名性は普遍性となり、すべての男の子の、おそらくはじめて意識した女の子への甘く鋭い後悔が、目の奥で舞う白いちょうのように、ぼくにもまとわりついてくるのである。

おかだじゅん（作家）

今江祥智の作品を語る

落合恵子

『ちょうちょむすび』
BL出版

このちいさな、ラバブルで深い、本を愛するわけ

もっと前に会いたかったな。もっとずっと前に。

一九六三年に私家版として発行され、二〇〇〇年にBL出版から刊行された、この素敵に愛らしくも、深い小さな本を手にしたとき、そう思ったものだ。

一九六三年といえば、わたしは十八歳。

「みんなと、ちょっと違う自分」を、時にもてあまし、ときに「いいもーん！　わたしはわたしなんだから」と少しばかり肩に力をいれていた頃である。

あの頃に、この『ちょうちょむすび』に会っていたら、たぶんわたしは……と、あれこれ想像するだけで、くすぐったくもあり、マジメに照れる。

ヒゲのないヒョウの子、ペポネと、とうさんとかあさんヒョウのおはなし。

ヒゲがないことでほかの動物たちの噂になって、ジャングルの奥の奥、動物たちがめったに来ないところに引っ越していったペポネと、とうさん・かあさん。

何も知らないペポネは、とうさんとかあさんと、一緒に出かけるのが嬉しくてニコニコしているんだよね。

わたしがペポネと同じ年頃だった頃。とうさんがいないということでいろいろあって、かあさんに連れられて、東京というところに出てきた。わたしはかあさんと一緒にはじめて乗る汽車と、はじめての駅弁が嬉しくて、きっとにこにこしていたに違いない……。

幼いわたしに、「あなたはあなたでいいんだよ。あなたはあなただから、いいんだよ」という「ちょうちょむすび」をしてくれたかあさんは、いまはもういないけれど。

そして、わたしはぶきっちょで、ちょうちょむすびがうまくできないのだけれど……。

みんなと違う何かにちょっとだけ躓《つまず》いているような子に会ったときは、

「読んでみる？」

照れながら、この本を手渡すわたしがいる。

おちあいけいこ
（作家・子どもの本専門店クレヨンハウス主宰）

今江祥智の作品を語る

刈谷政則

『子どもの国からの挨拶』
晶文社

運命の本

「ぼくは最初ねこが好きじゃありませんでした」というのは、長田弘さんの『ねこに未来はない』の冒頭の一行です。これに倣って言えば、ぼくの場合は、「ぼくは少年の頃〈子どもの本〉を読んだことがありませんでした」ということになります。

　なにしろ生まれが秋田の田舎で、身の周りに本がなかった。いわゆる〈子どもの本〉を読んだのが「講談社の絵本」数冊と例の「シャーロック・ホームズ」もののダイジェスト版くらい。思えば文化果つる環境だったのです。

　そんな団塊少年（？）が長じて出版社に入ります。時は一九七一年。その年の年末に出たのが『ねこに未来はない』という素敵な物語エッセーでした。翌七二年の年末、同じ出版社から白地に少女と馬をあしらった美しい装丁の本が出ます。宇野亜喜良さんの装画でした。タイトルは『子どもの国からの挨拶』。著者は今江祥智。

　偶然手に取ったこの本こそ、ぼくの編集者人生を決定づけた運命の本。ページをめくるたびに驚きの連続でした。取り上げられている本のほとんどが未知のものなのに、じつに面白そうなのです。たとえば『トムは真夜中の庭で』という本を読む。打ちのめされましたね。児童文学、恐るべし。ぼくの〈子どもの本〉開眼です。今江さんのこの本は、単なる児童文学の案内書ではなかった。ピアスやファージョン、斎藤惇夫や山下明生が、サリンジャーやジョン・ファウルズ、中勘助や長田弘と同一の地平で論じられる。後者のいわゆる〈大人の本〉を愛読していたぼくが思わず未知の〈子どもの本〉に飛びついたのは必然でした。以来、今江さん推薦の〈子どもの本〉を猛烈な勢いで読み始めることになります。なんという豊穣な世界。上野瞭もカニグズバーグもチムニクも、もちろん数々の今江さん自身の作品も、この本に出合わなかったら多分読むことはなかったような気がします。

　〈遅れてきた少年〉は、この本と扇動者・今江祥智に導かれるように、数々の思い出深い作品——手塚治虫・谷川俊太郎から岩瀬成子・江國香織まで、ケストナーからプレヴェールまで、そしてもちろん今江さんの本も——を手がけることになったのでした。

　運命の本、と呼ぶしかありません。

かりやまさのり（編集者）

今江祥智の作品を語る

神沢利子

『山のむこうは青い海だった』
理論社

青春は海の色　少年たちのまばゆい日々――

今でこそゆたかな頬ひげを蓄《たくわ》え、文豪の風格ある今江祥智はんだけれど、その昔、わたしが初めてお会いした折は、前髪をお河童のようにそろえた色白のぼんぼんだった。

しかし、そのはにかんだ表情の奥には、後に『ぼんぼん』三部作という重厚な作品をうむことになる不敵な魂がかくされていたのだ……。

戦後日本の児童文学は、一九六〇年前後には松谷みよ子、山中恒らの諸作によって、活気溢れるものとなっていた。

そのぼんぼんが処女作『山のむこうは青い海だった』をひっさげて、颯爽と登場したのは正にこの頃のことだ。

少年の夢とロマンを爽やかに描いたこの作品は、やはり新人であった長新太のゼイ肉《にく》を削《そ》ぎおとした直線的、且つ抒情味ゆたかなイラストによって多くの読者を魅了した。

わたくしもまた魅了されたひとりである。

それに、それまでの多くは会話体に「　」を使うところを、――（ダッシュ）にしたスタイルも、何やらひどく洒落て見えたし、新聞連載のせいでもあろうが、一章一章が短かくテンポがよいのだ。物語には若い日の彼が傾倒したイブ・モンタンや高杉晋作の逸話もちりばめられていて、まさに若き今江祥智そのものが全篇に息づいているのだ。当時、彼は現役の中学教師だったというから、この作品には彼のなじみ深い紀州を舞台としながら、日頃親しんだ少年少女の群像がいきいきと描かれたわけだ。

山のむこうは　村だった
つづく田んぼのその先は
ひろいひろい海だった
青い青い海だった……

このうたのように山のむこうの青い海こそ少年の未来であり、希望の象徴だったのだ。

今江さんは海がお好きなんやなあと、わたしは、いつぞやの出版祝の折に、庭の海色の紫陽花を花束にしてお贈りしたのをなつかしく思いだす……。

かんざわとしこ（作家）

今江祥智の作品を語る

二宮由紀子

『まんじゅうざむらい』
解放出版社

柔らかな反逆の祝祭

この一冊を挙げたのは、なかに私の古今東西で一番好きな短編「ぱるちざん」が収録されているからです。

読んでない方のために、どんなお話かを説明しないのは、自分がさぼりたいからじゃありません。ユーモアあふれる言葉で次々に展開される祝祭の楽しさを自分で読み味わう快感を邪魔しちゃわないため。とにかく読んでみてください、っていうだけです。

ぱるちざん、という語の意味に首をかしげる人は読後に歴史のお勉強をするか、ネットで軽く検索してみましょう。歴史なんてものは偉大なヒーローが動かすものじゃなく、案外こういうあほらしい人々の営みで積み上げられてきたんだろうなあと思い到り、歴史好きになれるかもしれません。

賢しげな知恵を振りまわす者や、金や名誉の世界に閉じこもる者、他者をおびやかし見下げることで自分の誇りを保とうとする者がいかに無力か。その一方で、決して「民衆＝虐げられた不幸な弱者」の正義の力を絶賛するようなパターン化された図式の物語になどしないのが、ユーモリスト今江祥智の面目躍如たるところです。

いわば、すべてのわかりやすい常識や権威に対する柔らかな反逆というか、目を吊り上げないままモノ申す反権力主義者の言葉づかいは、同じ一冊に収められた「あぁ、褌」や「タンポポざむらい」のなかでも見事です。

言い遅れましたが、この本には五編の短編童話が収録されていて、表題作「まんじゅうざむらい」が一番新しい書きおろし。

この物語はなかなかエロティックな幻想が、それと匂わせずに子どもたちにも自然に受け止めさせるように描かれていて興味深いのですが、私が一番魅せられたのは主人公の母上の楽しさです。なんとも現代的でいいかげん。時代小説に頻出する「優しく、凛と強い母」賛美にうんざりした覚えのある方々、必読ですよ。

にのみやゆきこ（作家）

今江祥智の作品を語る

野上 暁

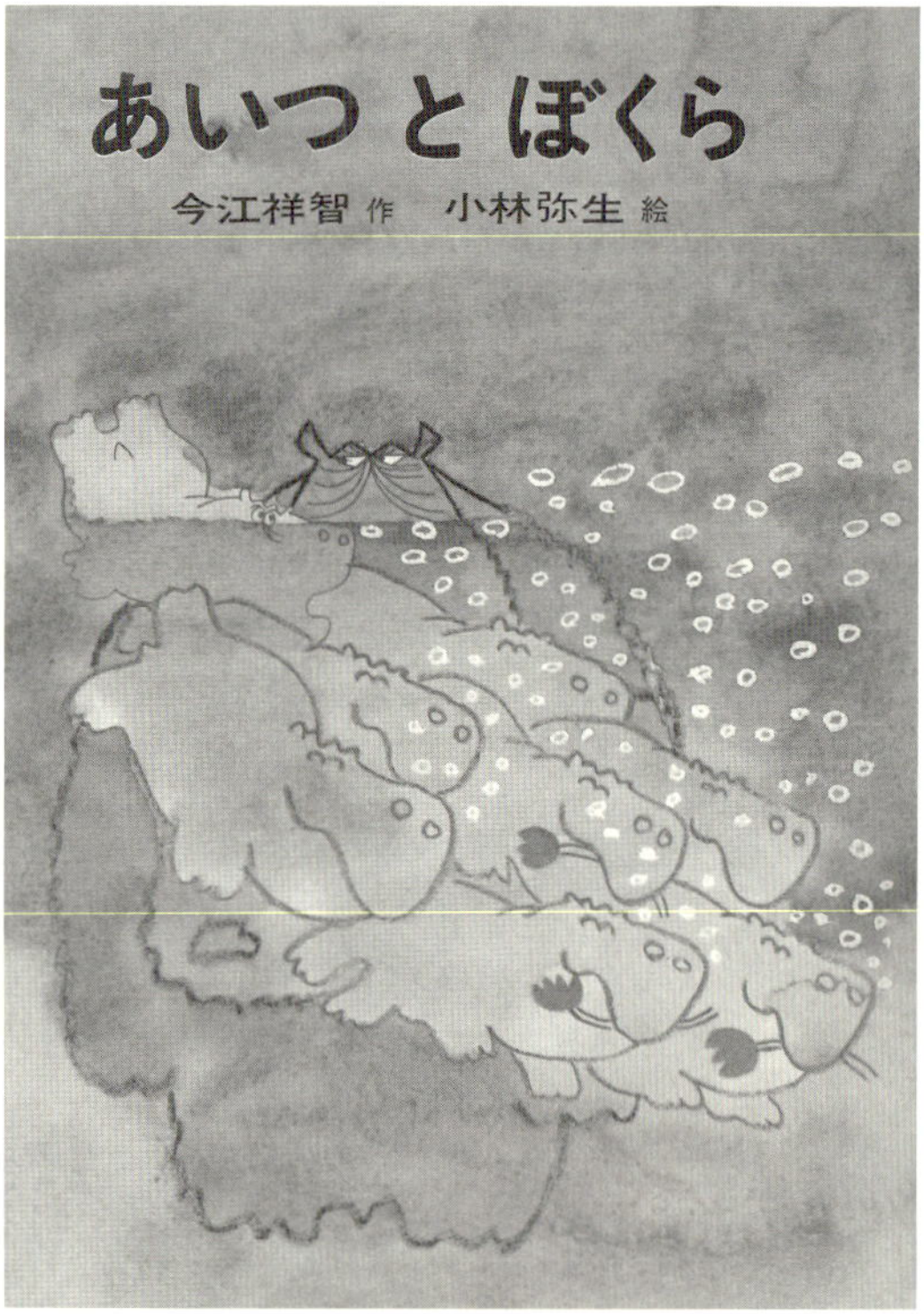

『あいつ と ぼくら』
あかね書房

童話の可能性に驚嘆した

今江さんのたくさんの著作の中から、この一冊ということになると悩ましい。最初に出会った『山のむこうは青い海だった』は鮮烈だったし、『ぼんぼん』『兄貴』や『優しさごっこ』などの長編も印象深いものがある。初期の童話集『ちょうちょむすび』や『わらいねこ』もじつに魅力的だった。『あのこ』に出会ったときの衝撃も忘れられない。

　一九六七年に小学館に入社したぼくは、「小学一年生」の編集部に配属された。子どもの本に、さしたる関心もなかったのだが、上野瞭の『戦後児童文学論』を読んだのがきっかけになって、次第に児童文学の世界にのめり込んでいく。また配属直後から担当した手塚治虫の仕事場で、今江さんの本を紹介され、二人の親交を聞いたこともあって、作品をつぎつぎと読み漁った。一九六九年の秋に出版された『あいつ　と　ぼくら』を読んだときの感激を、いまでも思い出す。

　赤い大きな月がジャングルに上る冒頭から、『ちょうちょむすび』や『アメだまをなめたライオン』のように、おっとりした個性的な動物たちの物語かと思いきや、いきなり「あいつ」が登場する。独特な今江流のユーモラスな語り口だけれど、なんとも不気味な予感がただよう。川下のカバの男の子たちは、スイレンの花を取ってきて、大きな口で花びらをむしる競争をして遊んでいた。そこに現れた「あいつ」は、それが男の子のする遊び方かと言って、川岸で水を飲んでいたヒョウの足に食いつき、川に沈めてしまう。この戦時下の軍国主義者を暗示するかのようなキャラクターを、子どもたちの知恵により、戦うことなく平和裏に排斥して見せる展開には舌を巻いた。反戦運動が高揚していた時期だった。時代の危機感を象徴するかのようなテーマを、分かち書きで漢字を全く使わず、幼児でも判るような優しい文章で表した作者の技量には驚嘆した。童話にこんなことが可能なのかと、眼を見開かされる思いがした。この年、京都のお宅に伺い、「ふたごのサンタクロース」という短い童話を頂戴し、長新太さんの絵で「小学一年生」に掲載させていただいた。

のがみあきら（編集者）

今江祥智の作品を語る

野中 柊

『物語１００』
理論社

物語の限りなさ

本は寝転がって読むもの、と決めている。

昼でも夜でも、ベッドの上で。

仰向けになって心地よい姿勢を取り、さて出かけよう！と作品世界に没入していくのだが、私の愛読書のひとつ、今江祥智の『物語１００』は、ずしりと重い。タイトルのとおり百の物語が収められた、六百ページ以上の分厚い、重量のある本なので、正直なところ、しばらくすると腕がしびれてくる。でも、腕のしびれなど、なんのその！　物語の魅力に、心はもっとしびれてしまう。だから、今日はひとつかふたつ読むだけにしよう、と思っていても、あとひとつ、もうひとつ、と、つい欲ばって時を忘れ、現実の世界に戻ってくるのが困難になることも……。

　この本のあとがきに「本書は一九八八年末現在における私の童話の自選集であります。童話を書き始めてこのかた三十年あまりに、いつのまにやらたまってしまった四百篇ばかりのものから好きな百篇を選んで一本にしたものです。」と今江先生ご自身が書いていらっしゃるけれど、才能あふれる作家が長い年月をかけてこつこつと執筆したもの——そのたくさんの作品群の中から自ら選りすぐったものの〈存在感〉は、あらためて思うに、ずしりと重い。筆致はあくまで軽やかであっても、だ。ときには明るく優しく、ときには飄々《ひょうひょう》と残酷に、そして、ときにはどうしようもなく悲しく、今江先生の声が、私たちに語りかけてくる。その声は年月を超えて、たった今ここにいる私たちの心を打つ。

　私が『物語１００』を手にするときには、目次を眺め、なんとなく、そのときの気分で、この作品を読んでみよう、とページを捲《めく》るので、おそらく何度となく読み返してしまったものもあるはずだ。でも、いつだって、どの物語も、まるで初めて読むかのように新鮮で、語り手の声の調子もそのつど違って聞こえる。そのことが不思議で——〈物語〉というものの無限の可能性に驚かされてしまう。語り手、読み手、時間、この三つの要素が絡みあって、数限りない〈物語〉が、そのつど生まれてくるからだろうか。

のなかひいらぎ（作家）

今江祥智の作品を語る
増田喜昭

『戦争童話集』
小学館文庫

記憶のポケット

今江祥智の『戦争童話集』を読んでいて、ふっとある場面にきたら両眼からじわりと涙が出てきて驚いた。なんだか自分の中の遠い戦争の記憶がやってきた。と言っても、ぼくは戦争を体験していない。それは兄の記憶だったり、父の記憶だったりするのだろうか。いや、これは今江祥智の童話の中の記憶だ。それは知らないうちに、いつの間にかぼくの記憶のポケットに深くしまい込まれていたのだ。

　夕焼け空の中に、もくんと馬が立ち上がり、そのとなりに少女がひとり、じっとこちらを見ている。ゆっくりとメリーゴーラウンドが回り、そよ風が小さな花をゆらす。そこに少しずつ、戦争の影がしのび込んでくる。そんな恐い時代にも、どんなところにも、甘い恋があり、音楽があり、心がほぐれる風景はあった。

　そして、今江祥智の描く人物はいつも素敵だ。そんな人物にあこがれているうちに、ぼくは、人生の大半を今江文学の中ですごしていた。

　先日、杖をついた白髪の老人が家族に付き添われて店に来た。ぐるりと本棚を眺めて、「ここの本棚は今江祥智さんのニオイがします。」と言われた。彼は長い間病院にいて、ずいぶん記憶が薄くなっていって、いろんなことを思い出せなくなっていたそうである。

　それが、店の本棚を眺めただけで、中学時代のあこがれの先生、今江祥智の名を思い出したのだ。「今江さんの本ありますか？」もちろん、ぼくは喜んで今江祥智のコーナーへ案内した。

「ポパイのような先生でした。たくさん本のことを教えていただきました。」次々と、彼の中に今江先生との日々が甦ってきた。

「お父さんがこんなに話すの久しぶりです。」と娘さんも喜んでいた。

『戦争童話集』を読んだときのじわり涙はまぎれもなくぼくの〝戦争体験〟からやってきたのだ。そして、この白髪の老人もまた、青春のころを、今江文学の中ですごした一人なのだ。

ますだよしあき（子どもの本専門店メリーゴーランド店主）

今江祥智の作品を語る

山田太一

『優しさごっこ』
理論社

「優しさごっこ」

京都では（どこまで本当か分らないが）帰って貰いたい来客に（京言葉に自信がないので関東風に翻訳するのだが）お茶漬けでもいかがですか、とすすめるという。それをサインと知らずに御馳走になったりしたら、以後野暮の骨頂として軽蔑され続けることになるらしい。これは怖い。

　私は京都で今江さんから朝食をすすめられたことがある。朝から「帰れ」といわれたわけではない。前夜の酒場で、明日の朝うちへ来て朝食を食べませんか、と誘われたのである。そういうお招きははじめてで、え？京都では朝食に客を招くということが、よくあるのだろうか、と内心どう返事をしたらいいか迷った。率直を嫌う京都である。真意はどこにあるのか。分らなかった。東京下町生れの単純な頭では見当もつかない。しかし、なんだかおいしそうである。エイヤッと考えるのはやめて、翌朝北白川のお宅へタクシーでお邪魔した。

　品のいい、あたたかい、おいしい朝ごはんだった。そして、それこそずーっとあとになって気がついた。「優しさごっこ」だったのだ。味噌汁は奥様の手づくりで、だしまきはとうさん。これはもう「あかりさん」と三人ではじめて食べた忘れ難い朝食で、私はたちまちそれに気づいて言及すべきだったのに、「おいしい、うまい」を品なく連発して辞したのだった。思い出すたびに、はずかしい。

　そんな私のいう事ではあるけれど、『優しさごっこ』が一番好きである。

　初々《ういうい》しい。好きなものはどしどし登場させて、モンタン、ベラホンテ、ビル・エバンス、リルケ、ケストナー、アラゴンと、今江さんの原点が気取りなしに並ぶのも楽しい。

　でも一番好きなのは、娘さんへの手紙のような本だからエロチシズムはごくごく抑制されている中でのプールの鬼ごっこである。「山名さん」のお尻に触りそうになって我慢するところが、本当にキラリと光って、うまいもんだなあ、とこれも思い出すたびに感服している。

やまだたいち（脚本家・小説家）

今江祥智は長編を書き続ける

ひこ・田中

誰もが知るように、今江は短編童話の名手です。確かにデビュー作『山のむこうは青い海だった』（理論社　一九六〇年）は長編ですが、それ以前も以後も数多くの短編童話を発表しており、『ぽけっとにいっぱい』（一九六一年）を嚆矢とするそれらは、様々な形の作品集や絵本の形で出版されています。だからもし、今江が絵本や幼年から低学年向けの童話だけを書き続けていたとしてもその仕事は、寺村輝夫やあまんきみこなどとともに高い評価を得たであろうことは十分想像できます。

しかし彼は長編にこだわり描き続けます。今江の重要作品はと聞かれればやはり私も、『ぼんぼん』（一九七三年）や『優しさごっこ』（一九七七年）をまず挙げるでしょう。彼の長編には二種類あって、一つはほぼ完全なフィクション（発想は体験から生まれた場合もありますが）。これは、幼年物や童話の延長線上に置かれる、今江のセンスを縦横無尽に発揮した楽しい物語たちです。もちろんその最初の果実が『山のむこうは青い海だった』です。

　そして先ほど述べた短編童話群とこれらの長編だけを書き続けたとしても、やはり今江は幼年童話から楽しい長編児童文学までをこなせる優れた児童文学作家として高い評価を受けたのもまず間違いがないところです。タイプとしては山中恒の対極にある作家として。

　しかし、今江を今江たらしめているのは、もう一つの長編群、つまり彼自身の体験に根ざしたそれであると私は思います。

　今江は児童文学作家の中でも特に、読みやすく巧みな日本語を駆使する人です。読んでいて自然に場面が浮かんできます。そして、語り手は主人公そのものであることは少なく、だからといって神的位置から読者に向けて語りかけるわけでもなく、主人公に寄り添っています。それは主人公自身ではないけれど、その側で語る保護者的視点とでもいえばいいでしょうか。保護者といっても、心配のあまり子どもに注意を促す一九世紀的なものではもちろんなく、『クマのプーさん』や、ケストナーの一連の児童小説のそれに近い、あくまで子どもの側に立つ大人の語り手です。

　この語りは主人公の視点のすぐ側にありますから、物語の流れを子ども読者にわかりやすく展開することが出来、同時に大人が側にいる安心感を抱かせ、物語に没入しやすくしてくれます。今江作品には大人の読者が少なくないのも、彼が大人を意識して描いているからではなく、大人も子どもに戻って物語の中に入っていきやすいからです。もしそうでなく、今江が大人読者に顔を向けたいのなら、彼はとっくにその仕事の場を児童文学から大人の小説へと移していたはずです。しかしデビューから半世紀を経た今も今江は児童文学にその居を構えています。

　理由はごくシンプルだと私は思います。子どもが好きだから？　子どもに伝えたいことがあるから？　それもあるでしょうけれど、児童文学という表現方法が好きだからだと私は考えています。

　こんなに豊かな表現の場があるのに、どうしてそこから去って大人向けの作家になっていく人がいるのだろう？　どうしてこの場所を馬鹿にして近寄らない大人向けの作家がいるのだろう？　今江にはそれは不思議でならないに違いないと思います。

子ども読者に寄り添いながら語り、途中で大切な人が死ぬような、とんでもなく大変なことが起こっても、決して絶望で終わらない物語。それを描けるのが児童文学という方法であり、今江にとって生きることとは、そうした物語を生み出すことなのだと私は信じています。

だから今江は、どんなに短編の名手であろうと、完全にフィクションの楽しい物語を書く腕がどんなにあろうと、彼自身の体験に根ざした長編も書かずにはいられないのです。

そうした作品群は事実が背景に横たわっていますから、絶望も悲惨も悲しみも必ず潜んでいます。でも、児童文学であればそれらをそのまま読者に投げつけない描き方ができるのです。

これは子どもをなめた妥協やごまかしとは全く違う、子どもへの信頼に基づいた勇気ある作法です。嘘だと思う大人向けの作家がいるなら、どうぞ試してみてください。

現在岩波少年文庫からも出ている『ぼんぼん』は、そうした試みの重要な一つです。大阪大空襲も描かれるこの作品は、数多ある「戦争児童文学」という奇妙な名称のジャンルに属しますが、子どもが苦しむから戦争は止めましょう、子どもは戦争の最大の犠牲者ですといった「正しい」メッセージはどこにもありません。子ども時代がたまたま戦時下であった洋少年の日々が描かれているだけです。おそらく洋が七〇年代に子どもだったら仮面ライダーごっこに夢中になっていたでしょうし、現代ならポケモンやワンピースのファンで、携帯を持っているかもしれないかのように。

戦時下の子どもをそんな風に描いたのは私の知る限り今江だけであり、それができたのは子どもの側に寄り添った大人の語りの持つ力を彼が熟知していたからです。

だからこそ、いつの時代の子どもでも『ぼんぼん』を読んで、洋と一緒にあの戦争を体験できます。人間に、大人に、世界に絶望することなく「戦争の顔」を知ることができます。

そうした豊かな表現の場としての児童文学ならば、それが描ける量をできるだけ幅広くしておいた方がいいと、今江が考えたとしても不思議ではありません。創作には理論社という良きパートナーを得、雑誌「飛ぶ教室」（光村図書→楡出版→光村図書）を使って、連載小説の形で児童文学を書く場を作り、多くの児童文学作家がこれまでにない長い物語を生み出すきっかけを提供したのです。

児童文学っておもろいやろ。児童文学ももっと書いてや。

今江の声が聞こえてきませんか？

ひこ・たなか（作家）

２００８年、エクソンモービル児童文化賞授賞式にて。
左より杉浦範茂氏、宇野亜喜良氏、太田大八氏。

表紙一瞥

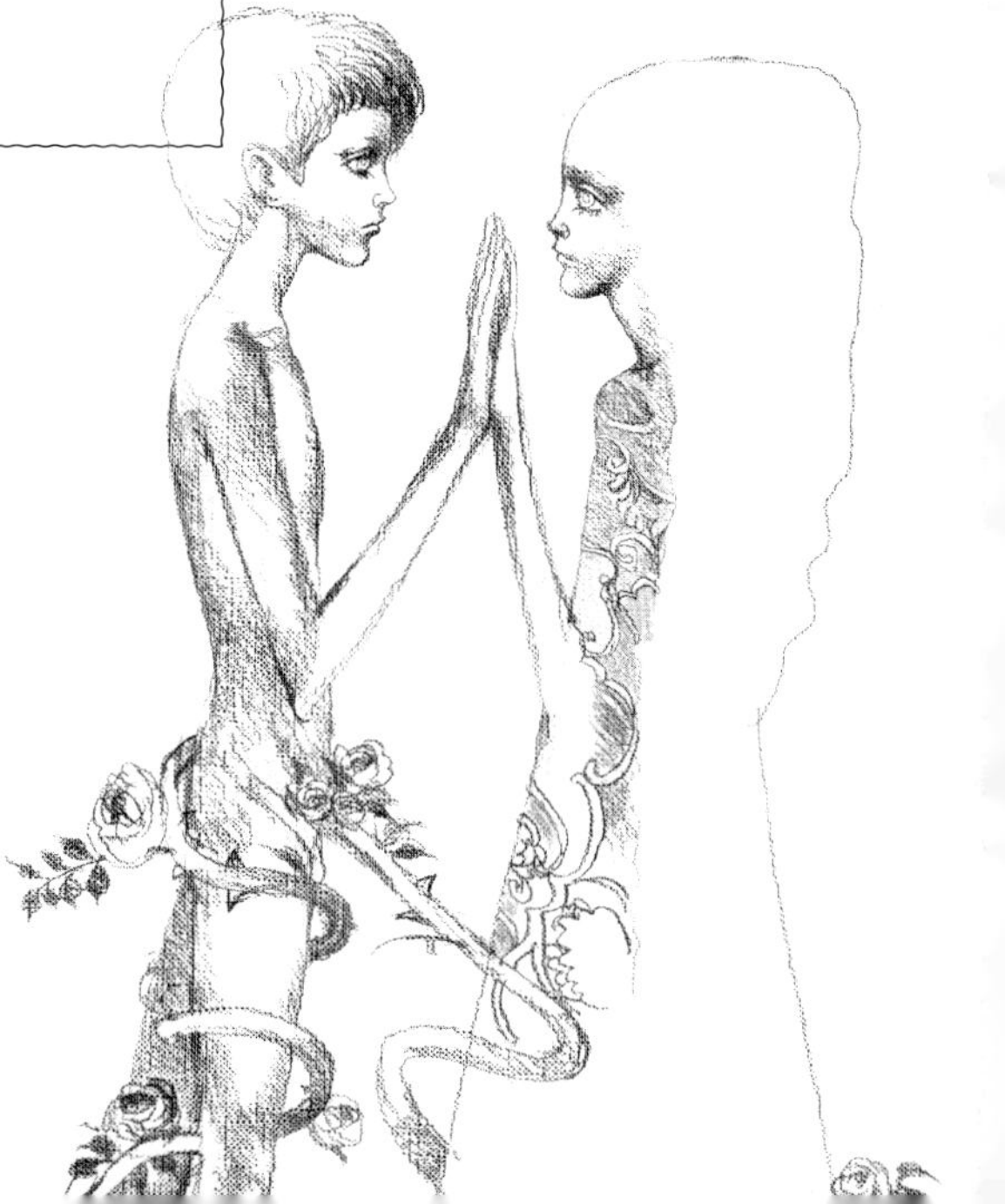

*表紙一瞥

自作を語る

ここに並べたのは、子どもの本にかかわり始めてこのかた、ひたすら書いてきた様々なジャンルの本から選んでみたもの。絵本、童話、物語、小説から、批評、評論、エッセイ、翻訳に、わがままな編集と造りの「私家版」までの三百五十冊ばかりからのもの。われながらよく書き、よー働いてきたもンやなー……と、眺め直している。

　本が好き、なのである。編集者になって、読む側から作る側にまわったあと、まずはひとさまのものを作ってきた。子どもの本といっても、いろんな立場の本がある。作者の思いを体現している創作集や評論集から、さまざまな本についての思いを開陳したもの、翻訳ものまで――それも絵本体裁のものから、いろんな造りのものにまでひろがっていくのだから、普通の〝大人の本〟よりも、むしろ〝バラエティ〟がある気がした。

　とりわけ絵本というジャンルの仕事は、「大人もの」では考えられない冒険が出来るので、出来上がった一冊は、読者として子どもから大人にまでひろがるのではないだろうか。

　わたしも何冊か訳したトミー・アンゲラーさんの仕事などは好例である。アンゲラーさんは読者をとりわけ子どもだなどとは考えていないふしのある絵本を作り続けている。そしてそれがかえって、子どもから大人にまで、その読者層をひろげているのではあるまいか。

　絵本は子どものもの――という固定観念は、どんどん古びている。アンゲラーさんの仕事など、さしずめ、それをおしすすめてきた一つではなかったろうか。

　もっとも、おかたい大人（子どもの本のジャンルでは教育畑の人たち――先生から図書館員のなかにも）が、子どもの本の取扱い手としては中核である現状を出発点だと考えるのが当然のこと。それと拮抗するよりも、知らんぷりで自分流に――新しい仕事を続けていくほうが実効があることを、アンゲラーさんの絵本は如実に物語っているのではあるまいか。アンゲラーさんの絵本の訳者として、そろそろこちらもアンゲラーさんのような〝大人の悪戯〟といった仕事をしてみたいもの。

　それにしてもずいぶん贅沢な本作りをしてもらってきたものだ。最初の長篇は新聞連載を本にしたものだったが、長さんのさし絵を全部収めるという〝冒険〟をしてもらった。そして出発から僅か五年目の若僧の童話撰を作ってもらったときは、挿絵を何と四人もに描いてもらうという〝贅沢〟をさせてもらった。だから〝怖いもの知らず〟で、わがままな本作りをさせてもらい続けた。おまけに、それだけでは物足らないみたいに私家版でも遊ばせてもらった。

　ここに並べた本の顔――表紙を眺めてもらえば、こちらの長年の本作りの夢を覗いていただけるような気がする。本はわがままに贅沢に作るものなのであります……。

『山のむこうは青い海だった』
長新太／絵
理論社
1960年

『3びきのライオンのこ』
長新太／絵
福音館書店
1961年

『わらいねこ』
和田誠／絵
理論社
1964年

『あのこ』
宇野亜喜良／絵
理論社
1966年

いきなり届いた〝新聞連載〟の仕事として書いた初めての長篇。気の弱い少年が、あこがれの高杉晋作をならって一人旅をする物語。もう五十年も前の仕事が、はたしていつまで保《も》つものか。いろんな本の形になって生きのびてくれているが、文章の鮮度、物語としての鮮度、登場人物たちの鮮度が揃って生きのびてくれることを願っている。

『トトンぎつね』に続き、誰かと誰かがいつのまにやら寄りそっている、やわらかな出会いの物語――というものを、いつか短篇でも書けるといいな、と思っていたが、なかなか思い通りのもの、いや思い描いていたような作品が書けなかった。

何年もかかり、何回も書き直して――というのではなく、ひょっこりと生まれたような一篇だったのが嬉しかった。

寺村輝夫さんと、どこの国か分らぬ王様をお洒落に描いていた和田さんに、一転、マゲモノの王様＝殿様と、その手下＝家来どもがワラワラ……というところを描いてほしくて、ちょいと風変りな時代物童話というやつを渡したが、和田さんはナンナクその世界を自分流にこなしてしまった。残ったものは和田さん流のお洒落な殿様と家来どもの肖像――というわけ。

この絵本が出来たとき、筆ヲ折ロウカと思ってしまった。この先、どう気張ってみても、これ以上の作品《ストーリー》は書けそうもない……。宇野さんの絵も息をのむ美しさで――友人がその一枚を二畳分ほどの大きさのパネルに作ってくれた。それを書斎に飾り、その絵に背中を押されて、お蔭様で、そのあともずっと作品を書き続けている。

『海の日曜日』
宇野亜喜良／絵
実業之日本社
1966年

『ちからたろう』
田島征三／絵
ポプラ社
1967年

『いろはにほへと』
田島征三／絵
ポプラ社
1970年

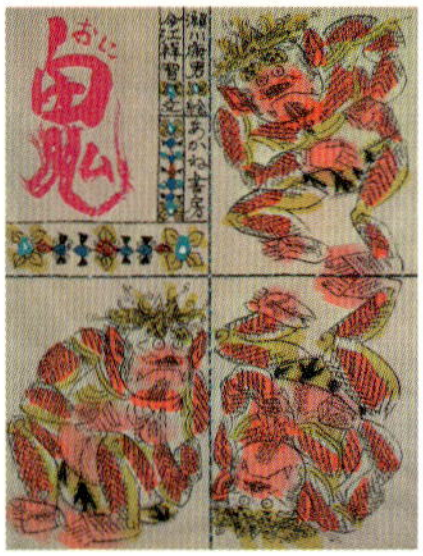

『鬼』
瀬川康男／絵
あかね書房
1972年

登場人物も舞台も物語設定も、その展開も――結びまでのすべてを作ってみたはじめての長篇。担当の編集者が佐藤さとるさんだったこともあって、おおいに緊張し、挑戦もしてみた一作だった。地味で箱庭めいた世界だったこの長篇は、〝課題図書〟になったお蔭か、思いがけないくらい売れて――読まれた一冊になってくれた。

田島さんの絵に一目惚れしたので、田島さんが全力投球したい――と思えるような昔噺の再話を――と考えて、この話を再話してみたものの、昔噺のつくりの力、言葉の力のしたたかさを――それに何よりもオハナシというものの面白さを思いしらされた。以来、この仕事がオハナシづくりの手本になっている。

〝いろはにほへと〟という言葉を取り出して、その言葉を繰返しながら「いろはにほへと」というおはなしを書くぞ――と思いながらつくりあげた一篇。いろはにほへと――を呪文のように唱えてペンを走らせたもの。「あいうえお」では何も出てこないが、「いろはにほへと」だと、いろんな想念が、ふうわりと言葉にかかわっていってくれるから――妙。

ありきたりの昔噺風な物語とはちがって、一読これぞ昔噺の再話なり――と思えるものが書きたくて取り組んだ。瀬川さんの絵の力のお蔭でソノトオリノモノだと思われたらしい紹介や批評が出並んで驚いた。これは全くのソーサクなのであります。いまだに「元の民話は？」と訊かれて返答に困っている。――

『子どもの国からの挨拶』
宇野亜喜良／装
晶文社
1972年

『優しさごっこ』
長新太／絵
理論社
1977年

『写楽暗殺』
杉浦範茂／意匠
理論社
1982年

『ワンデイ イン ニューヨーク』
W・サローヤン／作
ブロンズ新社
1983年

子どもの本の世界にとびこんで二十年が、あっというまにすぎてしまい、ここらで一度立ち止って、自分が見た絵本、読んだ童話から少年文学のさまざまな愉しさや驚きを、大人にも伝えることができないものか――と考えて編んだ。五年ばかりの間に十刷にもなり、こうした〝報告〟をお待ちだった方が多いことを実感し、背中を押してもらう気がしていた……。

創作だから、すべてを〝つくる〟姿勢で書いてきたが、『冬の光』との長篇二部作は実体験をもとに組立てた。父子二人のこまごました暮しの日常と、そうした日常からの発想が生き方と重なり合っていくところをなぞってみた。そして優しさというものの光と影が少し見えてきた気がした。リアルに考えて描けば描くほど、それがどこか〝ごっこ〟に見えてくるところを捉えられたら――と思っていた。

歴史上の人物には、とんでもなく面白い自分の一生をつくりだした人物も沢山いて、晋作や写楽もその一人。描くときには、その曲がり角に立ったとき、そこから走り出たとき、そのあと行き詰ったとき、そこから走り出たとき――なんぞに光をあてて、その生きざまを取り出すことになる。写楽にとってフツーの日のこともふくめた肖像を描こうと気張ってみたが、なかなかムズカシかった。

若いころから好きでよく読んでいたサローヤンさんだったが、まさかこんな気もちのいい長篇を訳すことになろうとは。訳することで、サローヤンが書くときの息づかいが少しは分るような気もちになることもできて嬉しかった。いつかはサローヤン風な〝風通しのいい〟大人↓子ども向けの長篇を書いてみたくもなった。

＊表紙一瞥

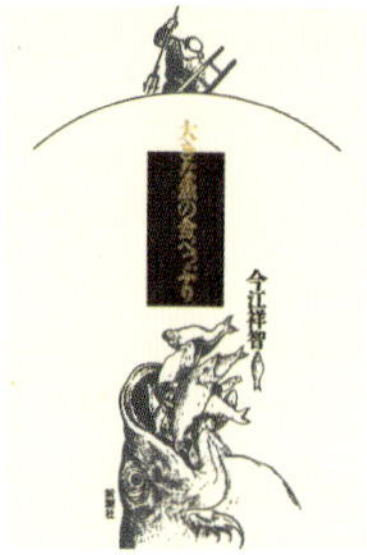

『大きな魚の食べっぷり』
杉浦範茂／装
新潮社
1988年

『物語100』
宇野亜喜良／絵・装
理論社
1989年

『スター・ウォーズ』
長新太／絵
杉浦範茂／装
私家版
1992年

『食べるぞ食べるぞ』
長新太／絵
マガジンハウス
1993年

普通の人から見れば途方もない大金持ち一家……を主人公にすえた児童文学を書くというのは例も少なく、ちょいとした冒険であった。モデルは、リーダーズ・ダイジェスト社でおつきあいをいただいた三井さん（本物の三井家の御曹司のお一人）だから、そのまま描いても、リアリティがあった。この方とお会いしなかったなら、この大胆な試みはなかった。まことに〝縁は異なもの……〟であります。

童話を一〇〇話収録する本を作ったら、一話一枚としても絵も一〇〇枚はいることになる。それも様々なタイプのものを、すべて宇野さんで。大変やろけど出来たら嬉しいな——というこちらの目論見は二つ返事であっさり受け入れられ実現した。どれも宇野さん流に換骨奪胎された瀟洒なイラストレーションがつけられて。さまざまなコラボレーションの妙を楽しんでほしい一冊。

何冊か作った私家版童話集の中ではこちらの気持ちがうまく生かされたと思える一冊。いわゆる〝スター〟を童話に登場させて遊んでみた。高倉健・原節子・ジュリー・渥美清から周潤發に桃井かおりにモンタンに——とわたしと同時代のスターたちを、それぞれのオハナシの主役にしたオタノシミ篇。子どもが読むんだからなどと大真面目な姿勢を、ぐんにゃりと崩して遊んでみたもの。

〝ひたすら食べる東おんなと、ひたすら食べたい京おとこのユーモラスなラブストーリー〟という洒落た帯のキャッチフレーズを書いてくれたのは編集者の刈谷政則さん。「料理手帖」誌に連載した食いしん坊の大人のためのオイシイ童話、のつもり。おせちに始まって伊勢海老のぶつ切り鍋まで十五皿のオイシイモンの話を童話の味に仕上げてみたつもり。

『マイ・ディア・シンサク』
長新太／画
杉浦範茂／装
新潮社　1994年

『しもやけぐま』
あべ弘士／絵
草土文化
1995年

『まんじゅうざむらい』
伊藤秀男／絵
解放出版社
1996年

『幸福の擁護』
マティス／装画
みすず書房
1996年

晋作贔屓は誰もがマイ・ディア晋作といった思いでその肖像を思い描く。いろいろと読んだり調べたりして、そこのところが分ってくると、自分は自分なりの晋作像を描くしかない。だから、親愛の情をこめたタイトルにして書くことにした。晋作はんが知ったら、「何じゃい——そのジャラジャラした言い方はよー」と、ハナでアシラワれそうな気がする。

SFを読んでいると、〝ありえない設定〟というものの面白さに惹かれる。冬眠中の熊さんがしもやけになる——はずがないところを裏返しにした発想でオカシナ話を書こうと思ってのこと。考えてみると、こうした裏返しの発想で作った童話が意外に多い。『ぼんぼん』でリアリズムものを長々と書いた反動かもしれませぬ。

コミカルなまげもの——を書いてみたくなって試みたもの。『ひげのあるおやじたち』の世界とは、またひといろちがうさむらいを描きたかった。甘党というと軟派にみえるが、辛党同様に、武士の本分《もと》には悖らないわけで、人は身分の如何にかかわらず、食物《たべもの》で分類してはいけない。中篇にしかならなかったが、それと対《つい》で辛党の〝のんべえどの〟もコミカルに描ければ——という気もちはある。

本書について〝児童書を通して見た日本のすぐれた出版文化論〟といったあんばいの書評が、ほかならぬ斎藤美奈子さんに書かれて嬉しかった。おまけに、ロマン・ロラン党だった自分がその全集の版元で好きな出版社＝みすず書房からこの一冊を出してもらえて二重に嬉しかった。マチスの絵の表紙を見るたびに、もう一歩でも二歩でも前へいきたい——と励まされていた——。

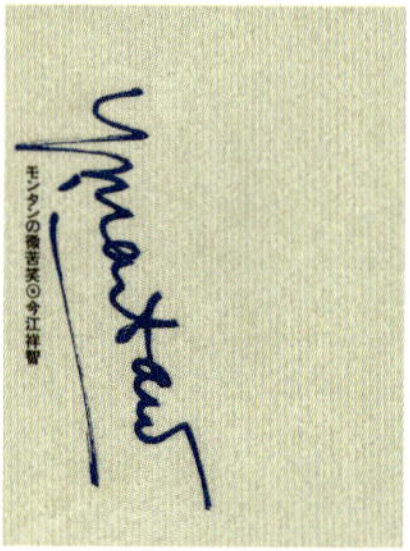

『モンタンの微苦笑』
宇野亜喜良／画・装
私家版
1997年

『ナビル』
ガブリエル・
バンサン／作
BL出版
2000年

『袂のなかで』
長新太／画
平野甲賀／装
マガジンハウス
2001年

『ぼくの
スミレちゃん』
宇野亜喜良／絵
旬報社
2002年

イヴが部屋に入ってくると、まるで太陽が一緒に入ってきたみたいだった――とは、シモーヌ・ベルトーの『ピアフ伝』の言葉だが、わたしはモンタンにはずいぶん背中を押してもらってきた。来日公演の折りには、キョードー東京の社長さんの計らいで、ご本人に会わせてもいただけた。しっかとして形良いこの〝人生の杖〟に長年力づけられ励まされてきた、答礼の一冊であります。

バンサンさん晩年の大作を、まさか訳すことになろうとは。しかしこのラッキーな出会いと仕事は喜んでお引受けして、少しでもバンサンさんの息づかいが伝えられたら――と取り組んだ。お蔭でもう一つの大冊『ヴァイオリニスト』も訳させてもらえて嬉しかった。倖せな〝出会い〟の一つであった。

京都新聞に二六六回連載した九百枚ばかりの長篇小説。冒頭に《あたし、えらくならなくてもいい。幸福になりたい……》というアラゴンの『オーレリアン』からの一行を置いたことでお分りのように、幸福を追っかける大人をユーモラスに描いた（つもり）のこの一篇は、裏返しにした「大人の童話」ではなかったか……。

「ユリイカ」誌の編集者だった石井睦美さんに言われて書いた一ダースの〝大人のための童話〟の一篇。そのせいか、今になって読み返すと、些か〝子ども離れ〟したところのあるシブいラブストーリーのような気がしないでもない。とっかかりは谷川俊太郎さんに聞いた〝お父さん＝谷川徹三さん〟の話が軸になっていたことを思い出しました。ふーむ……。

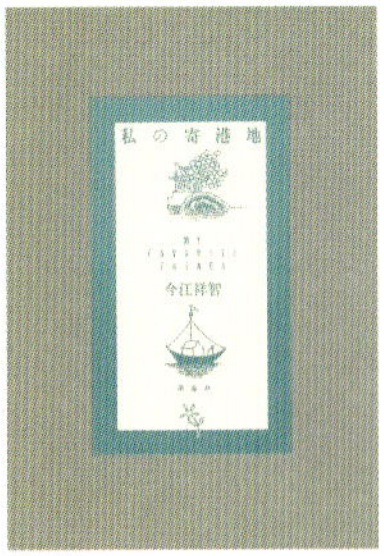

『私の寄港地』
宇野亜喜良／画・装
原生林
2002年

『子供の本
持札公開a・b』
宇野亜喜良／画・装
みすず書房
2003年

『いつだって
長さんがいて……』
長新太／絵
BL出版
2006年

新聞に連載でエッセイを、それも百回を超え一七六回も書かせてもらおうとは思ってもいなかった。実現できたのは産経新聞社の岡崎秀俊さんのお蔭だったが、それにそえられた宇野亜喜良さんの絵も全部入れて一冊の本に仕立ててくれたのは原生林の山口正毅さん。お蔭様で四年がかりの長い連載が、おしゃれな一冊に仕立てられた。

『幸福の擁護』が出て七年後に、子供の本の読者として（a）、作者として（b）の立場から、その面白さのさまざまな世界、その書き方のいろいろな方法について二冊本として、またまたみすず書房から本にしてもらって、励まされた。本書は、『子どもの国からの挨拶』の拡大版として書きつがれたわたしの児童文学――その手の内を見せるもの――と言えるだろうか。

それにしても、この一組のような本は初めてだった。持札といっても、同じ函のトランプではなくて、いろんな函から取り出したトランプを眺めやりながら、ああでもない、こうでもない――と思案投首のあげく、思い切って裏返して数字とマークを眺め、ではこれなるカードを……と言いながら掌におさめ――小鳩や野薔薇にかえてみせます……といった体で――一篇を描いてみる――というもの。

いきなりの新聞連載の長篇でも、いきなりの絵本のテキストでも、長さんはふたつ返事で引受けて下さり、思いもかけない〝挿絵〟や美しい〝画面〟を、いくらでも描いて下さった。誰かが言い出した〝長新太無尽蔵〟説を呪文のように胸中で唱えながら、わたしはいろんなテキストでおつきあいいただいた。こちらのテキストがどんな絵を呼び覚ますか、それが最初に見られるのが倖せだった――。

『ひげがあろうがなかろうが』
田島征三／絵
解放出版社
2008年

『桜桃のみのるころ』
宇野亜喜良／絵
BL出版
2009年

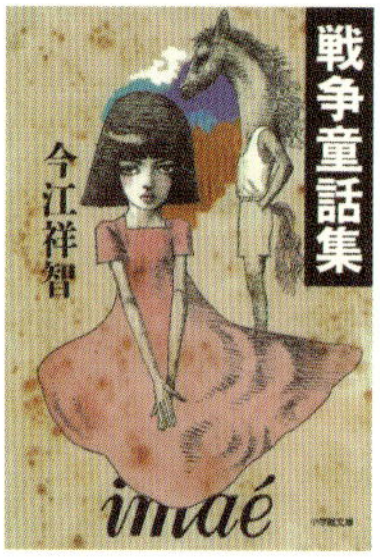

『戦争童話集』
宇野亜喜良／装
小学館文庫
2011年

大人の童話のつもりで「母の友」に連載した『ひげのあるおやじたち』が〝差別〟助長のおそれあり――と指摘され絶版にしたあと、もう一度同じテーマと登場人物たちを使っての長篇小説。それが機縁で山下明生さんとコンビの〝部落解放文学賞〟の児童文学部門とかかわるようになった。

ちょっと華《はな》のあるマゲモノを書いてみたくて、京を舞台に、小料理屋〝まい〟の若女将《おかみ》まいを主人公にすえてみた。仏壇の奥におさまっていたおじいさままでが出現してのてんやわんや。おまけに、そのマゲモノにおいしい雰囲気と小さな恋まで添えてやれ――と欲張った。桜桃がとび散ったみたいにはんなりとおいしそーに読める一冊になってくれているといいけど。

ひとさまから見れば、歯がゆいというか、逃げを打っているように思われるかもしれないが――戦争もんは、子どもの本の世界ではモウヨロシオマスヤロというのが、こちらの本音で、自分なりには、『ぼんぼん』連作で書いたつもり――でいた。この文庫本は、それでも――という気もちの馴染みの編集者が、選んで一冊に仕立ててくれたもの。

いきつもどりつしながらも、手さぐりで何とか〝新しい子どもの文学〟を掴み取ろうと――手をかえ品をかえて、書いたり訳したり、論じたり……しているうちに、本の数はふくれあがっていった。子どもの本の世界は広いンだなあ……。

四季

＊散文詩　四季

メリィ・ゴー・ラウンド

春は雨までどこか優しい。
半透明のレイン・コォトを着て少女は微笑を含んで歩いている。
レイン・コォトを通してピンクの服はまるでゼリーみたいに見える。
雨の中の散歩、雨が何か歌っているようだ。
糸のような雨が少女を優しく春の季節の裡《うち》に縫いとる…。

メリィ・ゴー・ラウンドが廻っている　ゆっくり廻っている
雨が降っている　しずかに降っている
木馬や熊の鼻から水がおちる　しずくが光る
それが彼らを変におどけて見せる
木馬の鼻先はまるで本物の馬のようにやわらかに見える
熊の鼻先はまるで本物のようにいかつくみえる
（おやおや、でもひげが立ってないようだ）
メリィ・ゴー・ラウンドが廻っている　ゆっくり廻っている
雨が降っている　しずかに降っている…

そんな風景をじっと眺めている少女の瞳の中で
小さく小さくなった回転木馬《メリィ・ゴー・ラウンド》が、それでもやっぱり廻っている。
少女の心に新しい季節が始まる。
少女の心の小さな風土に雨が優しく降っている。
柔らかな草の芽が萌える（少女の髪が柔らかなのもどうやらそのせいらしい）。
春、すべてのものの始まる美しい季節…。

＊散文詩　四季

麦藁帽子

暫く見ぬうちに少女の肌は小麦色になっていた。
夏ですもの、少女は言って笑ってみせた。
すると太陽が歯をキラキラと光のお菓子のように輝かせた。
夏が始まる。
夏、光の季節、夏、みんなの季節…。
　どこもかも光に溢れている　夏
どこもかも燃えるように　明るい
陽炎の中に白い線が走っている　道
まるい影がその上を動いている
陽炎の中に白い線が走っている
まるい影がその上を動いている
夏の影　麦藁帽子の影が歩いている

それから少女は大きな帽子をぬいでみせる。
乱れた髪が微風にゆれる。
こまかな影が額に線をひく。
帽子の桜桃の飾りがゆれる。
いい匂いがする。
髪の匂いだろうか。
清潔なシャボンの匂い。
少女が陽の中で夏が笑ったように明るく微笑む。
まるで夏の天使みたいだ。
(だけどこの天使はどうも色が少々黒すぎるようだ)
麦藁帽子が天使の後光のかわりに少女の頭の後で輝いている。
夏、光の季節…。

＊散文詩　四季

童話の季節

…そして秋になると少女はクリィム色のセェタァを着る。
それはひどく暖かそうだ。
それからセェタァと同じ位に柔かな髪を額に小さく波打たせて歩き廻る。
何だかひどく愉しそうだ。
例えば近い森の中…胡桃の老樹の蔭の下…。
　咲いていたのは白い花
　小さな花に風がわたる
　風にも影があるかのように
　一つ一つにそよぎのあとを残して…
…そしてこんなふうに他愛ない唄を呟いてみる。
秋は森のいたるところにある。

どこもかも青い光に染まってしまって、少女もまるで森の精みたい。
そんな少女が思出す、昔よんだお伽噺…。
青いランプの下に　部厚い本の間から
いろんな連中がとびだす
例えば　兎　時計　蛇使い
樫の木　マッチ売りの少女
彼らは青い花の踊りを踊る　だけれども
白い光の下ではみんな一度に消えてしまう
少女のあどけない眼ざめと共に…

秋になると少女はクリィム色のセェタァを着る。
それは秋の日ざしのように少女を包んでいる。
少女はそんな光に包まれて倖せそうにみえる。
その心の中ではまだお伽噺が歌っている。
人生の童話の季節、まだ眼覚めない少女の人生のうた、
童話の中の人生、人生の中のメェルヘン…。

＊散文詩　四季

メリィ・クリスマス

雪が何もかも覆ってしまう。
白い外套の少女は、自分も大きな雪の塊のように雪の中を歩いている。
冬、異国の神々の祝祭が始まる。
メリィ・クリスマス。

朝から鐘は歌っている　まっ白い空に
ちっちゃな舌をだして　うたっている
メリィ・クリスマス　メリィ・クリスマス
朝から鐘は歌っている　雪だるまの上で
（今日だけは彼もシルクハットを冠っている）
樅の木の上に星が光っている
サンタクロースがつるされている
（赤い靴をブラブラさせてひどく呑気そうだ）
朝から鐘をみつめていると
心の中でもそいつが歌いだす
空は雪でいっぱいである　それから
心の中にも雪が降りだす　白く白く白く
雪の中に少女はやがて見えなくなってしまう。
一つの風景画の一点のように—彼女は小さな小さな一点になる。
雪がすべてを覆う。
夢も祈りも…しかしやさしく。
冬。白の季節。

＊散文詩　四季

「四季」のこと

詩集「四季」は、中学校の教師時代に私家版の一冊として作ったものだったが、それは教師になって覚えたガリ版切りのお蔭で始めることができた。

同人誌のように印刷物にするとお金がかかるので、一人では到底ムリな話。そこで、ガリ版切りを覚え、いつもなら英語の副テキストを作っていたのだったが、個人のものだから――律儀に放課後になってからならいいだろう――と、ガリ版刷りの小冊子を作ることにしたもの。

これに始まり、「ガラスのお城」（一九五六年）という一冊も作った（ここに「四季」の一部を再録）。七篇の詩と散文詩、七篇の掌篇小説が収められている。今からみれば稚拙なものばかりだが、こうした試行を経て、ようやく「作品」らしきものが書けるようになっていく。そんなとき松居さんに言われて生まれて初めて書いた童話が「トトンぎつね」。それが「母の友」に掲載されてデビュー作となった。下手を承知で綴ってきた詩のようなもの、オハナシのようなものがあったあとだから書けたような気が――今はしている。

「ガラスのお城」のあとがきを見ると、こんな形で作品集を出すのは四度目になります――とあった。詩集「四季」（一九五四年）、短篇集「野の娘」（一九五四年）、連作「仔馬」（一九五五年）と続くものだったらしい。

こうした〝習作〟なしでは、いきなり「トトンギツネ」も書けなかったにちがいない――と、今は思うけれど、その頃には分からなかったようだ。ガリ版刷りサマサマだ。

郵　便　は　が　き

おそれいりますが切手をおはりください。

6 5 2 - 0 8 4 6

神戸市兵庫区出在家町2-2-2

BL出版　愛読者係 行

ご住所　〒

フリガナ
お名前　　年齢　　男・女

TEL

ご記入いただいた個人情報は、ご希望の方への各種サービス以外の目的では使用いたしません。な
ご承諾いただいた方のみ、ご意見を弊社の販促物等へ転載する場合がございます。

ご愛読ありがとうございます。皆様のご意見、ご感想をうかがい、今後の本づくりの参考にさせていただきたいと思います。ご協力いただいた方にはＢＬ出版オリジナルポストカードを差しあげます。

●本のなまえ

●お買い求めの書店名（　　　　　　　　　　　　　　　　　　）

●この本を何でお知りになりましたか

□ 書店で　　□ 書評で　　□ 先生、友人、知人から

□ 広告で　　□ その他（　　　　　　　　　　）

●この本を読まれた方

男・女　　歳　　　　　　　　　　　）

●その他、ご意見、ご感想をお聞かせください
（今後読んでみたい作家・画家・テーマなどあればお書き下さい）

●ご意見を匿名（例：40代女性）で当社のホームページ、ちらし等に掲載してもよろしいですか　□ 承諾する

●児童書目録（無料）を希望されますか　□ 希望する

ホームページ(https://www.blg.co.jp/blp)で新刊情報をご覧いただけます。また、ホームページやお電話(078-681-3111)でご注文も承ります。

今江祥智を語る

対談
作家、今江祥智のはじまり

←子どもの本の世界を牽引してきた二人。幾度となく語り合ってきた。写真は四日市、メリーゴーランドでの講演のようす。

松居　直（まついただし）
1926年京都市生まれ。同志社大学法学部卒業。福音館書店創業に参画し、名編集者としていわさきちひろ、初山滋、堀内誠一、長新太、田島征三などの才能を発掘。現在、福音館書店相談役。著作に「シリーズ・松居直の世界」全5巻（ミネルヴァ書房）『絵本のよろこび』（NHK出版）など多数。

福音館書店の名編集者、松居直氏との出会い――

今江　福音館書店も今は立派なビルになりましたけど、昔は小さかったですね。どこもみんなそうでしたけど。僕、絵本を百冊くらい作らせてもらってます。

松居　あら、そう。

今江　翻訳が多いですから。

松居　あ、そうか。今江さんは英文科を卒業されてますもんね。

今江　学費の元取った（笑）。正直に言うと、そんなにやると思ってなかったですね。あるとき偕成社の編集者が『すてきな三人ぐみ』（トミー・アンゲラー／作）の原書を持ってきて、「これは先生にピッタリですよ」と言いはる。見たら、泥棒の話ですわ。それがなかなかおもしろい。絵にも惹かれました。それがよう売れて、今二〇〇刷くらい。僕、泥棒で食ってます（笑）。

松居　ハッハッハッ。

今江　もしも、松居さんと出会っていなかったら、僕は童話というものを書かなかった。絵本なんてものも、二度と見なかったと思いますね。松居さんは僕の恩人です。

松居　そんなことないですよ。

今江　大御所になられた絵本作家さんたちみん

な、松居さんに紹介してもらってるでしょ。人生、恩人だらけなんですけど、松居さんは最初の恩人であり、いちばん大きな恩人。松居さんと出会ってしまったがために、こうして全部ひらがなの童話や絵本とつきあい、そろそろ齢八十ですわ。

松居　私は八十を超えております（笑）。最初に今江さんにお会いしたのは、同志社大学の学生のときで、今江さんは十八歳でしたね。学内の栄光館という大きなホールの前で、ロマン・ロランの研究会をつくろうと、テーブルを出してやってらしたのが今江さん。

今江　もうひとり、ロマン・ロランにのぼせたやつがおって、二人で研究会をつくろうとポスターを書いて、会員を募集してたんです。

松居　そこへ僕がたまたま通りかかって、私もロマン・ロランが大好きでしたから、ロマン・ロランを好きな人がいるんだなあと話しかけたのが最初です。

今江　僕は最初、松居さんを助教授かと思ってね。

松居　たまたま背広を着ていましたからね。

今江　僕らは学生服でしょ。ところが、松居さんは背広を着てはったから、「先生でいらっしゃいますか」と聞いたら、「先生ではありません」って（笑）。

松居　学生服はあまり持っていなかったんですけど、戦死した兄が残した服がたくさんあるから、それを着ていただけです。そっちはいくら着てもタダですから。

担保がわりに書いた童話が出発点

今江　たまたまですけど、僕の下宿が松居さんの家のすぐそばにあって。

松居　そうです。

今江　「うちにいらっしゃい」っておっしゃったから、それ！って行ったら、迎えてくれはったのがすごい美人のお姉さまでした。これは毎日来なあかんと思っていたら、松居さんが座ってはる書斎の本棚のいちばん前に、『ジャン・クリストフ』のそろいがある。そんなものめったに手に入らない時代ですから、僕は惚れ惚れと見とったんやろうね。松居さんが「今江さん、『ジャン・クリストフ』は読みましたか？」と聞くんで、「まだです」と言ったら、さすがにあきれはってですね。

松居　ハハハ。

今江　「『ジャン・クリストフ』も読まずに、ロマン・ロランの研究会ですか？」と言うから、「はい」って。松居さんは「じゃあこれを貸しますから読みなさい」と言って、その8冊をいっぺんにポンと貸してくれはったんです。当時としては破天荒ですよ。古本屋に行けば高く売れるのに（笑）。

松居　今江さんは本の読み方が早くてね。

今江　いまだに同じこと言われてますけど、毎日1冊ずつ読んで、カバーをかけて、汚さんようにして返しに行きますでしょ。すると、松居さんは「そんなに早く読めるんですか」言うて、疑いの目（笑）。

松居　うらやましかったんです。僕はどちらかというと遅いほうなものですから、こんなに本をどんどんどんどん読む人がいるんだなあと、本当に印象的でした。

今江　（笑いながら）イヤミ？

松居　そのあと、福音館は金沢の書店が出発点ですけど、東京に移転して、僕が東京の福音館書店で仕事をしていたときに、今江さんが遊びに来たんですよね。あのとき今江さんはまだ中学の先生でしたね。

今江　僕は名古屋で英語の教師をしてまして、夏休みだったかな。友だちと東京に来て、神保町で本をいっぱい買って、ハッと気がついたら汽車賃がなくなってて。友だちも貧乏でしょ。どないしよう言うたら、誰か知り合いおらへんのかて。おらへん、おれも銭ないで、どないしよう思ったら、松居さんがパッと浮かんで。あ

1994年、京都「こどもの本の教室」にて

あ松居さんや！　松居さんは福音館の編集長だから貸してくれるはずやと（笑）。それで福音館に行って、これこれこうで汽車賃を貸してくださいと言うたら、「いいですよ」と言わはった。「いいけども、担保がいります」と。

松居　汽車賃を用立てできないことはありませんでしたけど、やっぱり物事にはケジメというものがありますから（笑）。それで担保はあるの？と聞いたんです。そしたら、ないというから、じゃあ今江君、担保のかわりに童話を書けよ、と言いました。月刊誌の「母の友」に載せれば、原稿料が払えますからね。そしたら、ひと晩で書いたんですよ、この人。

今江　書かなかったら、名古屋へ帰られへんもんな（笑）。でも、あのときは本当に困りました。童話を書いたらいいんでしょうけど、童話ってなんですか？と。そのときは松居さんもさすがにあきれた顔してましたね（笑）。「僕が毎月出している『母の友』を読んでいないんですか」と聞くわけです。「母の友」？　僕は独身の青年ですから読んでませんって（笑）。

松居　そうでした（笑）。

今江　それでパッと下を向くと「母の友」が積んであったので、パラパラっとめくってね。松居さんが教えてくれはったのが、寺村輝夫さんの『おしゃべりなたまごやき』。それを一気に読んで、おかしかったから笑ったんです、三度ほど。そし

たら松居さんがうれしそうに「今江君、笑ったな」と（笑）。「はい」と言ったら、「大人を笑わせるというのは大変なパワーですよ。それが童話です」とおっしゃった。松居さんの直伝ですからね。すごくラッキーでした。担保がわりに書いた童話も、本当は三つあったのを覚えてはりますか？

松居　もちろん、覚えてます。

今江　松居さんに渡すと、目の前でこわーい目をしながら読んで、「これは返します」とおっしゃる。意味がわからなくて、「え？」と僕が言うたら、「これをボツと言います」。まいったな（笑）。

松居　ハハハ。

今江　松居さんは「本来ならば雑誌に載ってから原稿料をお支払いするんだけれども、それでは今江君が今日帰れませんので、先払いです」と言ってくださってね。

松居　学生時代からいろいろな話をしている中、今江さんは児童文学に対していい感覚を持っていらっしゃるのではないかなと感じました。作家でも画家でもそうですけど、私は作品を見てではなくて、その人と話をしている中で感性や感覚といいますか、この人がどういうふうにものを見て、感じて、表現しようとしているのかがわかります。今江さんも書けると思っていましたから、原稿料を払うからということで童話を書いていただいたんです。編集者とはそういうもので、その人の可能性を見つけ、それを実現していくのが仕事です。そのあとどんどんどん書いたんでしょ？

今江　どんどんは書けへんですけどね（笑）。当時の子どもの本といえばほとんどが名作のダイジェストの時代で、僕みたいに全部が創作というのは本当に珍しかったですね。僕は松居さんと出会って、こういう形で童話を読ませてもらって始まったので、当時から、創作があたりまえと思ってずっとやってきました。

※「この本読んで！」（財団法人出版文化事業財団）二〇一〇年秋号・冬号に連載された対談を、転載したものです。

鼎談

今江祥智を語る

川島　誠（かわしままこと）
１９５６年、東京生まれ。１９８３年、雑誌「飛ぶ教室」に「幸福とは撃ち終わったばかりのまだ熱い銃」を発表し、注目される。映画化された『８００』や、『夏のこどもたち』『セカンド・ショット』『ロッカーズ』『ＮＲ』『ファイナル・ラップ』『海辺でロングディスタンス』（以上、角川文庫）、『神様のみなしご』（角川春樹事務所）『スタート・イン・ライフ』（双葉社）など作品多数。

江國香織（えくにかおり）
１９６４年、東京都生まれ。『草之丞の話』で毎日新聞小さな童話大賞受賞。山本周五郎賞受賞作『泳ぐのに、安全でも適切でもありません』（集英社）や直木賞受賞作『号泣する準備はできていた』（新潮社）をはじめ、『こうばしい日々』『ぼくの小鳥ちゃん』（あかね書房）、『きらきらひかる』『犬とハモニカ』（新潮社）、『はだかんぼうたち』（角川書店）など作品多数。

石井睦美（いしいむつみ）
１９５７年神奈川県生まれ。『五月のはじめ、日曜日の朝』（岩崎書店）で毎日新聞小さな童話大賞と新美南吉児童文学賞を受賞。日本児童文学者協会賞を受賞した『皿と紙ひこうき』（講談社）をはじめ、「わたしはすみれ」シリーズ（偕成社）、『レモン・ドロップス』『白い月黄色い月』『キャベツ』（講談社）『愛しいひとにさよならを言う』（角川春樹事務所）など作品多数。

大人と子どもの境をこえ、「児童文学」の枠をときはなった今江祥智。同じくボーダーレスな作品で読者を魅了する三人の作家。ともに「書くこと」を選んだ三人が、今江祥智を語る。

印象的な出会い

石井　今江先生とお会いしたのは、三人の中では江國さんが一番先？

江國　お会いしたのは一番最後じゃないですか。

石井　じゃあ、川島さんが一番最初になるのかしら？　学生時代でしょ？

川島　卒業してぶらぶらと、予備校教師的なことをしていた時代に、そのころ付きあっていた女の子が講座に行くっていうんで。京都の社会教育総合センターで、「童話を読む」っていうのを鶴見俊輔、「描く」を田島征三、「書く」を今江祥智っていうすごい講座で……。じゃあ一緒にって行ったのは、私が二十五、六のときだから……。

石井　じゃあ、ほとんど同じ時期ね。私が今江先生にお目にかかったのと。

川島　だから、私は今江祥智を読む前に今江祥智自身に出会ってしまったんですよ。これは強烈。本人がもう強烈。しかも、私が一回目の宿題に書いていった話を「飛ぶ教室」に載せていただいて。私は「飛ぶ教室」も知らないのに。その宿題で原稿料が一〇万円くらいもらえた。当時、京都で月八〇〇〇円くらいのアパートに住んでいた時ですから、一年分の家賃がでるくらいの原稿料で。それに、授業のあとは、毎回、飲みに連れていってくれる。ふつう、そんな講座はない。何なんだこの世界は、と思って。

江國　その時の本、出たんですよね。『電話がなっている』と、宿題から三作品ありましたよね。

石井　国土社から。

川島　そのころ江國さんの名前聞いてた。だから同じくらいの時期でしょう？

江國　やっぱりちょっと遅いと思うんですけど、ご本人にお会いしたのは。でも、私は書かれたものが先だったので。小さいときから……。

川島　小さいときから読んでた！　すばらしい。

江國　小さいとき、小学校の図書室で。『さよなら子どもの時間』っていう、宇野さんの絵の本を何回も借りた。そして今江さんが訳されたサーバーの『たくさんのお月さま』。その二冊は小学校六年間でいちばん何回も借りた本じゃないかなあ。『ちからたろう』は読んだんですけれど……。

川島　汚い本だって言ってましたよね、前に（笑）。

『さよなら子どもの時間』
あかね書房　1969年

＊毎日新聞はないちもんめ小さな童話賞

『今江祥智〔童話〕術・物語ができるまで』
晶文社　1987年

江國　嫌いだったんですけどね（笑）。でも大人になって読み返すと、爆発的に優れた本ですよね。

川島　これ、教科書に載ってた？　江國さんは教科書でまず『ちからたろう』に出会ってる？

江國　教科書ではなかったんじゃないかなと思うんですけどね、でも小学生の時だったです。

石井　小学生のころって衝撃的だ、ちょっとずるいくらい（笑）。

江國　だから、初めてご本人に間近にお会いした――二十歳の時ですけど、物語の登場人物に会ってるみたいな。本物がいるっていうのが不思議だったですね。

石井　江國さんは、今江先生と会った時には、もう作品を書こうって思ってた？

江國　お会いしたのは、「はないちもんめ＊」で佳作をいただいた時だったので、書きたいと思ってましたね。でも、それより前に、子どもの本をめぐるエッセイ集とか、『子どもの国からの挨拶』とか、それから……これはちょっとあとですが、晶文社から出た『今江祥智童話術』。それが好きで、アメリカ留学にも持っていったんです。書きたいと思う気持ちに影響してたのかなぁ。

石井　私が最初に今江作品に出会ったのは、『あのこ』なんです。それは高校生の時で。当時の私にとって宇野亜喜良っていうのはアイドルで、だから実は今江先生より先に宇野亜喜良の絵だったわけです。それから、今江先生の作品にふれるようになって。大学のとき童話が好きな友達ができて、いろんな作家を教えてくれた。その中で今江先生の作品をきちんと読むようになって。卒業後、雑誌「ユリイカ」の編集者になるのですが、自分で好きな作家に依頼できるようになったときに、最初に今江先生にエッセイを頼んだのです。

江國　それは京都まで依頼に?

石井　いえいえ、手紙です。その時は、イヴ・モンタン特集をやったんですよ。で、イヴ・モンタンのことを書いてくださいって言ったら、すぐ書いてくださった。

江國　うふふ、そうなんだ。

石井　今日頼んで、すぐ明日、みたいな感じで書いてくださってね。それでもう一回「子守り歌」をテーマにエッセイ書いていただいて。それは幼年時代の思い出の話で、直接の子守り歌ではないけれど、お母さんが洗濯をする間に、「祥智はんは誰が好きなん?　ベッティさんや。誰が好きなん?　ベッティさんや……」これを洗濯が終わるまで繰り返すのが子守り歌だったっていうようなことをエッセイに書かれたんです。それもすぐに書いてくださった。で、わあ、すぐ書いてくれるんだ、って思って……。

川島　そう思ってたら……。

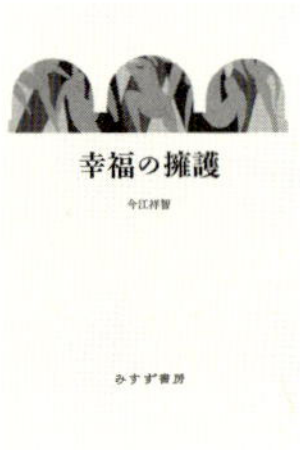

『幸福の擁護』
みすず書房　1996年

石井　そうなの。じゃあ次は連載となるわけで、一話二十四、五枚くらいで一年間十二回やる、っていうのをお願いして。それが……今までの早さはなんだったのかっていう……(笑)。

江國　今江さんおっしゃってました、あとから。締め切りに遅れて遅れて。でも、天使のような優しい美しいお嬢さんの編集者が、「大丈夫ですよ」って言ってくれた、って。

石井　最初は手紙で、次に山の上ホテルのロビーで待ち合わせして。「ユリイカ」の女の人がくるっていうんで、いったいどんなこわいおばさんがくるのかと思ってずっと待っていらしたとか。その時が今江先生とお会いした初めてで、私は本当に緊張していて、他社の編集者と打ち合わせをされていた先生になかなか声がかけられなくて……。だから今でも山の上に行くと、あの椅子に座ってたっていうのを必ず思い出しますね。

川島　お会いしたら……なんていうのかな、たいへんな気遣いで。その感じってすごいでしょう?　もう、こんな人間が世の中にいるのだろうかっていう……。

石井　今江先生が評論の中で——たぶん『幸福の擁護』だったと思うけれども——、〝子どもにとってどんな大人に出会ったかということが、子どものそれからをすごく変えていく〟、そういう視点で先生は作品を書いてきた、っておっしゃってるのね。でも、それは子どもに限らず、先生が私たちを含め、その当時若かった人たちにしてくれた姿勢そのままだったなあ、というふうに思います。

江國　ほんとうにそうですね。

「児童文学」という ジャンルを解き放った

江國　今江さんの新人を見つける幅の広さって……、だって、ほぼ同じくらいのときに川島さんを見つけて、その一方で石井さんを見つけて、書くものが違うじゃないですか。

石井　二宮由紀子さんもね。

川島　あと小森香折さん。それに、その前に高田桂子さんや、岩瀬成子さんとか。

江國　すごいなと思いますね。ふつうもうちょっと偏る、これは今江さんが好きそうだなっていう新人と、これは今江さんダメそうだなっていう新人と……。今江さんはものすごく広い。

石井　昔、「はないちもんめ」の受賞者何人かで、これから応募する人に話をしたことがあったじゃないですか。あの時江國さんが、みんな審査員の顔を見て応募するかもしれないけれど、今江祥智は自分が好きじゃないタイプの作品だ

からといって、いい作品を落とすことなんて絶対しないから、その辺は安心してくださいって。

川島　かっこいいなあ（笑）。

石井　だから、今江好みの作品を書こうなんて、こざかしいことしないでくださいって。

江國　そんなこと言ったっけ？（笑）

川島　江國香織はすごかったんだなあ。攻撃的だった。

江國　攻撃的!?（笑）

石井　先生は、新人を見つけるのが早いんですよね。川島さんの「電話がなっている」をいきなり……課題作品だったのに、いきなり雑誌に載せちゃったりとか。

江國　そうですね。優しい方なのに、やってることは強引だったかもしれないですね。これ載せてやれとか、これやってやれって編集の人に。

石井　本来なら、それは編集の人の仕事じゃない？　誰か新人を見つけるとか、新人を育てるとか。それも引き受けてたんですね。

江國　うん。

石井　そういうのって何なんでしょうね。自分を基準に考えると、あれだけのものを書いていたら、人のことは考えられないっていうか。

江國　普通はそうなりますよね。

川島　ジャンルを背負ってるような強さがあるんですよね。我々その気概がちょっとない。世の中に流されていくような感じがあるし。児童

文学っていうのもジャンルとして、今より強くあったんですよね。

江國　うん、そうですね。

川島　戦うべき対象かもしれないし、人によっては。そこに依拠する基盤かもしれないけれども。

江國　児童文学っていうジャンルって、今ある？

川島　今江祥智はね、ちゃんとそれをこわした。こわしたのかな？　華やかにした？

江國　ていうか……、自由にした。

川島　解き放った。

江國　そう、そうだ、解き放った。

川島　ほんとにね、何か好きなことしていいよって言ってくれて、場を与えてくれる人が、こんな形でいたっていうのは……なかなかないんでね。

江國　場がなかったら場をつくっちゃいますもんね。

川島　そう、それすごい。

江國　大胆だな。繊細な優しいイメージばっかりがあるけれど、結構大胆だったんですね。

川島　本当に「飛ぶ教室」にはお世話になってます。書きたいことを書かせてくれるし。なかなかあんな場ってありえないですよね。

石井　なかったですよね。一番最初に「飛ぶ教室」を出したとき、今江先生の中ではきっと明

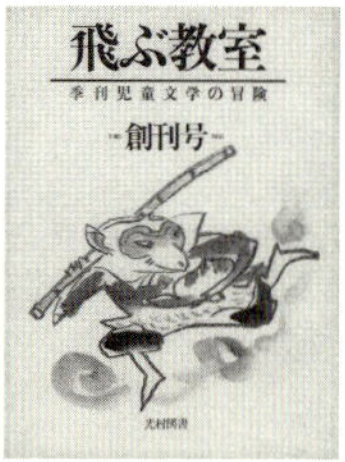

1981年創刊の児童文学総合誌「飛ぶ教室」（光村図書出版）。途中、休刊するが、2005年に復刊。

確にこういう雑誌っていうのがあったと思うんですよね。ぶっこわしてやるとは思ってなかったかもしれないけど、つくりあげることがこわすことと一緒だったっていうか。こじんまりとかたまって、児童文学ってこれでいいんだよっていうのをとっぱらったっていうか、そういう感じですよね。

　それから、挿絵の概念も変えたと思う。絵は文章の添えものではないと。

川島　今江祥智が画家を選ぶ才能ということについて。私なんか後から今江祥智に教わって、絵を見る目をようやく養ってきたなと思ってるんだけど……。江國さんは最初から絵が好きでしょ？

江國　好きですよ。今江さんの手帳見せてもらったら、たくさん絵が描かれてて。今江さんご自身、絵がお上手ですよね？

石井　すっごく上手。だって絵描きさんになりたかったくらいでしょ？

川島　ねえ。手紙についてくる絵がねえ……。

江國　でも、描かないですね。

川島　そう、恥ずかしがって絶対描かないって言ってる。

江國　今度、今江さんが絵を描いた絵本、あったらいいのに。絵については、今江さんは文章よりも好き嫌いはっきり出しますね。嫌いなも

のは嫌いっておっしゃる。私マックロスキー、好きなんですけど、今江さんは漫画的であんまり好きじゃないっておっしゃってたし。

石井　画家の好き嫌いはホントはっきりしてる。あ、画家だけじゃないですね（笑）。

川島　江國さんは、自分の本が出るときに、絵は指定する？

江國　いや、指定しないです。全然。

川島　石井さんは？

石井　私も最初のうちは全然指定しなかったんですけど。最近よく聞かれるんですよ、どうしますかって。

川島　今江先生は明確に指定してるのかな、これでいきたいみたいなのは。

石井　うん、絶対そうだと思う。原稿用紙も長さんの絵のと宇野さんのと二種類つくってて、原稿用紙の時点から、この作品はこっちの原稿用紙でって、使い分けているわけだから、絶対あるんだと思う。

川島　私、だんだん長新太の偉いのがわかってきた。やっぱり偉い。宇野亜喜良は派手なんですぐ、ね。長新太って、なんで今江祥智がそんなにいい、いいって言ってるのかって思ってたら、だんだんいいいって思ってきて。

石井　『優しさごっこ』は宇野さん？　長さんだったっけ？

江國　宇野さんのバージョンもあるよね。長さ

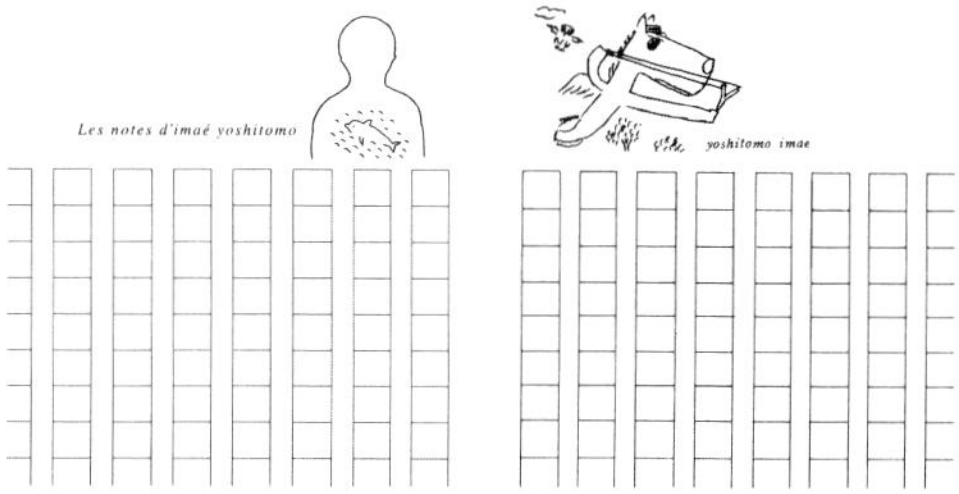

宇野亜喜良さん（右ページ2点）、長新太さん（左ページ2点）のカットが入った原稿用紙。

んのが先だったのかもしれない。私が持ってるのは宇野さんのバージョンなんだけど……。

石井　宇野さんのだとちょっと、お父さんが立派な感じになってるよね（笑）。なんかしっかりしたお父さん。でもこれを読むとね、けっこうヘナヘナのお父さんじゃない？

江國　うん。

　ところで、先生ってタイトルつけるのも上手ですよね。

石井　川島さんのタイトルで今江先生がつけたのって確か……。

川島　『８００』。

江國　えっ、『８００』って今江さんがつけたの？

石井　そうよ、だから絶対タイトルに関して文句言っちゃいけないと思う（笑）。

江國　（『物語１００』を手に）百個のタイトルがこの中にはあるわけですものね。

石井　似たタイトルもあるけど、さすがに量が多いから（笑）。今も「飛ぶ教室」で書き下ろし童話を十二本やるっていう企画があって、それもすでにタイトルはできてるの！

川島　そうなの？

江國　へえ、すごい。

石井　タイトルは、もうもらってるの。タイトルができると、ほとんど頭の中ではできてるって感じになってるんじゃないかな。

江國　ずっと前に、BL出版で洋書の中から翻訳したい絵本を選ぶのにまぜてもらったとき、これはボツみたいなのが箱に入ってて、その中に『おふろじゃおふろじゃ』があって、私あの時もすごいと思ったの。これやりたいって言ってパラパラ見てたら、今江さんがもうタイトル決めたの、『おふろじゃおふろじゃ』っていう。

石井　そうなの？

江國　それね、『キング・ビドグッド・イン・バスタブ』っていうタイトルだったと思うんですけど、私だったら、っていうか私が訳したんですけど、直訳で『バスタブ王ビドグッド』ってしただろうと思うんですけど……。

川島　今江さんが勝手に決めたって聞いた（笑）。

江國　その時には『おふろじゃおふろじゃ』ってなんか、「えっ、ええっ!?」と思ったの。でも、そのあと『おふろじゃおふろじゃ』のほうがよかったなって思った。『バスタブ王ビドグッド』じゃ……。

川島　ビドグッド？

江國　ビドグッドっていう名前なの。

川島　そんな名前だったの？　それはわかんないな、確かに。

石井　その本は、江國さんがボツのところから拾い出したの？

江國　そう、ボツのところから。

洋書を検討している様子。
BL出版にて。

『戦争童話集』
小学館文庫　2011年

川島　ええー、かっこいいな。

石井　今江先生もボツのところからさがし出すのすごい得意なの。中部電力で童話賞やってるでしょ。その第一回に大賞にふさわしい作品がないってことになって、ほかにないのかって先生がおっしゃって、一次審査を通った作品を全部先生が読んで。それで一本さがし出したの。

川島　へえ。

江國　それ、えらすぎる。

石井　だから川島さんだって、今江先生が読まなかったら作家になってなかったかもしれない（笑）。

江國　みんなそうなんだ。

書きたくないことは
書かなくていいんですよ。
とても幸せな小説を
書く人なんだから。

石井　今江先生の本って量もすごいんですけれど、多岐にわたっている。さっき川島さんが児童文学のジャンルを自由にしたっておっしゃったけれど、今江先生がたぶん自由なんですよね。だから、いろんな……幼年ものも書けば、長編も書くという。それで、五十年ですよ、書き続けて。

江國　ねぇ。しかも細々とじゃないんだもん。だーんと。

川島　太々と。

江國　太々（笑）。ほんとに惜しげもなく。書くのも惜しげがない。心根が上品なんだろうなぁ。なんか、もったいながったり、小出しにしたりは、しないんでしょうね。

川島　二〇一一年に出た「戦争童話集」……これ、編集者がいい仕事したなあ。

石井　ほんとうに。

川島　これが文庫で出るって大事だなあと思って。本って今すごく手にとりづらくなってるから。文庫本で出てちゃんとみんなが読んでくれたらすごいなあと思った。

江國　これってすごい作品集ですよね。

川島　戦争に関する話って言うとね、イデオロギー的な反戦みたいな、うっとうしい児童文学みたいなものがある時期あったわけですよね。今江祥智はそういうこととは全然違うことを、こういう形で書いていたんだなって驚きましたね。私の子どものころといったら反戦児童文学みたいな、ステロタイプで。

江國　そっちのほうが多かったし、いまだにそうですよね。だって戦争を書くとしたらそうしないといけない、みたいな空気がありますよね、たぶん。だからこれを読んだとき、すごいと確かに思った。

川島　従来のいわゆる戦争文学みたいなところから、とても自由な……。たぶん、今江祥智にしてみたら、攻撃されることもあったわけでしょ？　甘いものばっかり書いてるとか……そういうなかで、よくこういうことを書き続けた。

石井　そう。さらって読んでしまうと、甘やかだったりとか、きれいきれいだったりとかあるんだけど、けしてそんなことはなくて。

川島　文章のレベルが高い！

石井　そう、すごく高い。昔、無意識に読んでた文章がこんなに……。

川島　けっこう前読んだな、コレ……って思い出して。昔の児童文学ってえらかったんじゃないかって思う、こういう文章が書けて。これ純文学じゃないですか。こういう文章が受け入れられてたのかって思った。本当にあの頃レベル高かった、いや今江祥智のレベルが高かったのかもしれないけども。最初のあたりがいいんですよ。

石井　最初のほう、これぞ「文章」って感じだよね。

川島　ねえ。これ本当にいいの、言葉が。

石井　今の子どもたちが読んでる多くの、お話の筋だけがあるようなものじゃなくて。きちんとここには文章っていうのが書かれてて、物語が文章というもので、言葉というもので構築されてるっていうか、作られるものだっていうことを本当にしみじみ感じる。もう一回読み直して、ああ、先生ってこんなに文章がうまい人だったんだってあらためて思った。

川島　今江祥智はいろんな人から批判されて、「女の子の像は弱い。みんな似ている」とか言われてたけれど。それに対して、最近すごい穏やかになりましたね。このあいだ、講演会で女の子像について質問されたときの「私は子どものころ姉妹がいなかったんで、いたらもっとちゃんとわかってたと思います」って返事、かわいかったな。失礼な表現ですが。

石井　でも、まあ、自分が書くものだから好きに書けばいいんですよ。

江國　そう。

石井　私も言われたことある。「出てくる男の人、みんな同じ」って

江國　私も言われたことありますよ。異性のほうが同性より難しい。

石井　そう。だいたい「存在感がないぞ！」っていう。

川島　『戦争童話集』も、問題がないわけではなくて、日本兵がニューギニアに行って、現地の人と楽しく一緒に農耕して……ってところなんか、侵略者としての日本人が書けないみたいな批判が出るだろうなと。だけど、子どもにとってみたら、災害と同じなんですよね、戦争は。空から降ってきた、とんでもないことで。それを書くのはものすごくうまいな。後半には、ちょっと文句もあるんですけれども……よかった。

『大きな魚の食べっぷり』
新潮社　1988年

石井　あ、その文句っていうの、聞きたいな。

川島　うーん。『戦争童話集』だって日本の戦争責任については書いてないでしょ。でも、それを今江祥智に言ってどうするのかなみたいのもあって……。『大きな魚の食べっぷり』の批判を、私が「飛ぶ教室」に書いたら、今江祥智が喜んで。それを載せてくれるのえらいなと思って。三井財閥を書くんだったら、三井財閥が現実に何をしたのか、みたいなことを一切書かなかったことがいけないって思ったんです、あの時には。でもあの人はとても幸せな小説を書くから……。

江國　徹底して物語の人だから、そこがすばらしいんだから、書かなくていいんですよ、そういうこととか、反戦思想とかは。

川島　そう。

石井　……書かなくていいの？

江國　うん。いいと思う。

川島　あの人は、書かなくていいんだ、って私も思えてきたなあ。……書きたくないんだから。

石井　そうね、それは評論にも通じると思うのね。裏返してしまえば先生の弱さになっちゃうんだけど、批判するものだったら書かないって

いうところがある。自分が本当に惚れこんで、これはって宣伝したいものだけは一生懸命情熱傾けて書くけれど、そうでないものはあまり書かないっていうのはある。

江國　そうですね。でも評論家ではないから、それもいいのかな。ただ、今江さんぐらいいろいろやってらっしゃると、それがないのは確かに不思議といえば不思議ですね。

川島　だからね、『大きな魚の食べっぷり』は、みんながすごい期待した。構想二十年とかで、新潮社から出して。で、やっぱり今でも、ある意味失敗作だと私は思うし。財閥のことをちゃんと書いてないから、物語に奥行がない面もある。そこで今江祥智に何か言う人がいたら……小説家って変わるの、江國さん？

江國　ハイッ？

川島　誰か何かアドバイスする人がいたら変わるの？　自分の書くものが。

江國　アドバイスをする人がいたら？

川島　なにか意見をする人がいたら。

江國　燃えるんじゃない？　意見されたら。変わるっていうより。

川島　不愉快になる？

江國　うん、一瞬不愉快になるけど。

川島　なる。

江國　絶対見てろよっていうふうに思って燃えるかもしれない。

『ひげがあろうがなかろうが』
解放出版社　２００８年

川島　今江祥智にもうちょっと批判する人が、もうちょっと何か言ってもいいんじゃないかなと私は思ったりしながら、いろいろと書いてしまったんで……。

江國　でも、いたんじゃないのかな、いたような……。

石井　川島さん以外に？（笑）

でも、たぶん、そういうのってさっき江國さんが言ったみたいに、なにくそって思うのかもしれない。っていうのも『ひげがあろうがなかろうが』読んだときに、ああ先生って本当に……。

川島　そう、よくがんばった！　頭をなでてあげる（笑）。で、今回もう一回書くっていうでしょ、あれを。それに期待したくて。でも、ちょっと曖昧に書いてるなあ、『ひげがあろうがなかろうが』は……。

江國　厳しい！

石井　厳しいね。私はすごく面白く読んだ。

江國　うん。面白いですね。

石井　すごく柔軟なね、柔らかい筆だった。

川島　私はもともと今江祥智の戦争の書き方にも文句があるし、さっき言った資本家の書き方についても。ただ、部落についてあのレベルであれだけ頑張ろうとしている人はもういないんでね、世の中に。

石井　本当にいないですよね。もういいやっていうふうになりがちでしょ？

江國　ものすごいエネルギーですよね。

川島　あれを書きつづけるだけですごい。もう一回書くっていうから本当に期待してる。

石井　この先、今江先生はどこにいくのかってそのあたりって……。

江國　この先、今江祥智はどこにいくのか？フフフ。ものを書かれるうえでは、もともとどこにいたかわからないっていうか、変幻自在、どこにでも発生するみたいな感じだから、きっとそのまんまなんじゃないのかな。あの自在さってすごいですよね。

石井　今江先生がずっとやるやるっておっしゃっててやってない仕事が、戯曲を書くこと。芝居の戯曲を書きたいっておっしゃってて……。

江國　ええーっ。

石井　串田和美さんと約束までしてたらしいんですけど。

川島　そうなの？

石井　うん。で、やってないですよね。先生には、それを今後の課題にしてもらいましょうか。

京都・徳正寺にて。住職夫妻、あまんきみこ氏、島式子氏、遠藤育枝氏らとともに記念撮影。

惜しげもなく人に接してくれる

川島　宇野亜喜良さんが京都に来るとね、今江祥智の集まりはすごいと思うっていつも言ってたなあ。今江エコールって。こういう世界はないと思うって。今江祥智を中心にいろんな人たちが集まって、私もその集まりの隅の方に参加させてもらってるんだけど。串田さんがいたりとか。

石井　まだお元気だったころの手塚治虫さんもいらっしゃったことがある。

川島　吉田日出子さんとかね。あの「人を集める力」はすごいなあ。一瞬、有名人好きな軽い人じゃないのかなと思ったときもあるんですよ。でもそんなことは全然ない、やっぱり。

江國　ぶれないですね。

川島　それで、私なんかあとから知るんですけれど、今江祥智は世の中を動かしたような人なんですよね、鶴見俊輔とか巻きこんで……。

江國　ものすごく人を巻きこみますよね。

川島　河合隼雄だって今江祥智がいなかったら子どもの本に関わる仕事なんかしてないですよ。

石井　絶対してないと思う。ま、今江祥智がやるならやってもいいなとみんなが思うような強さがあるもんね。

江國　思うんですよね。でも本当に惜しげもなく人に接してくれるし、今江さんがおもしろいって思われたら、いろんな人を紹介してくれるじゃないですか。

川島　こんな人がいるんですよ、って。

江國　最初は、びっくりして、そんな、私に紹介されても……とか、どうすればいいのなんて。でも、そこから何か発生しあう、人と人のエネルギーの中心にいつも今江さんがいらした。

石井　惜しげもないっていうのもそうだけど、何かにのぼせられるっていうか……何かを、誰かをすごい好きになるでしょ、あれはすごいなあ、すごい情熱だなって思う。

江國　好きになると、講演でも、そうじゃないお酒の席でも、話してくださるでしょ。つい好きが伝染しちゃうっていうか。それにかばんからいくらでも本が出てくる。「これ読んだ？」とか、「これおもしろい」って言って。魔法のかばんみたいに何でも出てきて、帰りにそれ買って帰るみたいな。

石井　自分が好きなものを、自分が好きな人に好きになってもらいたいという気持ちがとても強いですよね、今江先生。私なんか自分のことで手一杯なのに、あんなに、あれもこれも好きになる情熱ってすごいなって。体が大きいので、どこにでも入るというか（笑）。

川島　たしかに。

石井　さっき川島さんが、今江先生がいなかったら、河合先生が子どもの本をやることはなかったかもしれない、っておっしゃって、これはいろんな意味合いがあると思うんだけど……。

江國　どういう意味？

石井　日本の児童文学とかさらには文芸の世界というのも、きっと今江先生一人がいたことによって変わったんじゃないかって思う。今江先生がいなかったら、別の誰かが出てきて、別のやり方をしたかもしれないけど、今江先生がいることによって、それが今江祥智の役割になった、というところもあったと思うんですよね。自分の作品をこれだけすごい量を書きながら、もう一方では、自分の作品だけにとどまらず、大きな集合体そのものを変えていったというか、牽引していったというか。そういう中で私たちも引っぱられていったのかなぁ。本当にこんな吸引力のある人いないよね。

江國　今も昔も、今江さんみたいな人、今江さん以外にいないんじゃないかな。

石井　今江先生って人生そのものを祝祭のように考えてるのかもしれない。だから常にどこかでお祭りをしてるっていうか。

川島　楽しいお祭りに参加させてもらってる、とてもありがたい。今もこれからも、ずっと続けてくれそう。

闘いとしての優しさ

岩瀬成子

今江祥智さんの童話は、そのすべてを、というわけにはとてもいかないけれど、これまで何度も読み返してきた。とくに自選集『物語１００』に収められている作品は、いろいろな形で読んできたものだ。読むたびに、すばらしさに打たれてきたのだが、でも考えてみると、その打たれ方は同じではない。最初読んだときよりも二度目、二度目よりもさらにまた時間がたっての三度目のほうが強まっている。最近では、読後、ただただ驚く。そして、わたしはこれまで、これらの物語のよさが何もわかってなかったんじゃないか、と自分に対して残念な気もちになる。わたし、何を読んだつもりでいたんだろう、と。

たとえば、その文体の自在さに、驚く。

「きみとぼく」は、まちがいなく今江さんの代表作の一つであり、今江さんの思想の芯ともいえるところが柔らかい文章で明快に表されていると思う。

「ああ禅」も、言葉のみごとな切れ味といい、するどい批評精神といい、それらをゆるやかに包むユーモアのセンスといい、やはり代表作の一つといえる。

　ならば初期の「トトンぎつね」は、と考えると、その優しさに満ちた文体と、読後に広がる温もりを考えれば、代表作からはずすわけにはやっぱりいかない。

「鬼」の語り口がよみがえる。ゆったりと大きくうねった文章の力。大きくうねるというのなら「龍」だって、力強さでいえば「ぱるちざん」だし、でも「ぼくのスミレちゃん」や「あのこ」の美しい文章を忘れるわけにはいかない。さらに「熊旦那」の民譚そのものの楽しい語り。

　……つまり、わたしの指をいくら折っても、その文体の自在さは十指に余る。このことを考えただけでも、今江さんはまちがいなく天性の作家なのだとあらためて思う。努力で達成できることと、文章のなかから声が響いてくるような書き方ができることとは別のことだ。

　このように童話について考えていると、今江さんの文学の輝ける種はこれらの作品のなかに、そもそもふんだんに散りばめられていたことに気づく。

　その一つに笑いの力がある。わたしの大好きな「いろはにほへと」の笑いには「生」のエネルギーがなんとあふれていることか。今江さんは作品のなかで、笑いを挺子に世の中の仕組みをあっさりとひっくり返し、暴君や権力者を笑いのめしてしまう。

　あるいは柔らかな発想と大きな展開ということでいえば、「花はどこへいった」もそうだ。女の子が光る小魚を埋めた場所に青い花が一本生える。その花がしだいに増えて、しまいには城を埋め尽くし、城ごと海まで運んで暴君を海に沈めてしまう。大きい展開であるのに、やんわりとした雰囲気、おっとりとした調子、しかもあとには青い花の美しい余韻が残っている。力強いのにとても柔らかいのである。

　それからそのスケール感。蝶を求めて地の果てまで兵を進め、ついには空一面が黄色の蝶に染まってしまう「とおくへいきたい」のスケールの大きさにも息をのむが、それこそ地球を一跨ぎするほどの大きな話「掏る男」には仰天する。男の素早い動きを描写する切れ味のいい文章に惹きつけられて読んでいると、その結末はものすごい。男の体の内側が外側になってしまうのだが、これはつまり体内が宇宙になってしまったということだろうか。

そして、これら数多くの物語の核になっているのは、わたしたち人間だけがこの世界を作っているのではなく、人間は大きな自然のそれこそほんの一部に過ぎないという信念だと思う。けれどもその人間もまたじつに愛すべき存在であるという深い眼差しである。

また、そうではないように思われているかもしれないが、今江さんの童話には沢山の「死」が、さまざまに形を変えて描かれている。

「小さないのち」に描かれる無数のもの言わぬ小さなものたちの死、ということだけでなく、新しく編まれた『戦争童話集』に収められた美しい作品の数々にも死は多く描かれている。

かつて「タンポポざむらい」で、一平太が妹かなえを亡くしたあと、その死を超克して、さらなる「生」へと向かっていく強い姿が描かれたように、物語のなかで「死」は、生命や希望の、また生きることを励ましつづけるくっきりとした輪郭線となって表されている。

「死」を手がかりにして、今江さんの文学をあらためて考えてみると、今江さんの文学の深いところに「死」が表現されつづけるのは、ご自身が幼年期に戦争を体験されたことと無縁ではないと思わざるをえない。

『ぼんぼん』の主人公洋は昭和七年生まれの少年として描かれている。洋が子ども時代を過ごしたのは、日清、日露につづいて、日本が大陸に軍を進め、大戦争へとなだれ込んでいく時代だった。

子どもは時代を選んで生まれるわけにはいかない。いつ生まれる子どもも偶然のように時代にぶつかり、あたりまえのようにその時代を生きていく。

ちょっと気弱な洋とベートーベンやワグナーが好きな兄の洋次郎の日々が、そんな時代にあっても楽しさにあふれ明るさに満ちて生き生きと描かれているのは何よりすばらしいと思う。そう描かれることで、はじめて戦争の影というものが背後に大きく見えてくる。

　やがて、かあさんや佐脇さんたちに守られていたふたりも時代の空気を吸わざるをえなくなる。その時代、大人たちは生き抜くためにぎちぎちと音を立てるようにして、しだいに人間的な振る舞いを失っていく。人間から人間らしさを吸い取っていくのが戦争である。世の中の空気が変わっていくのが、ページを繰るごとに次第に明らかになってくる。近代日本のもっともきつい時代が洋の子ども時代だったのである。

『ぼんぼん』を読んで圧倒されるのは、その硬直していく時代の描写や、みずみずしく表現される少年の心だけではない。それにも増して、そういう時代に対して、「優しさ」というもっとも困難な手段による抵抗が描かれているからである。

　どんな政治体制も人間からすべての優しさを奪い取ることはできない。けれど、優しさほど壊れやすく逃れやすいものも、またない。

読み進むにつれ、それが今江さんがあえて選び取られた方法であることが、しだいに浮かび上がってくる。

　大阪大空襲があって、必死に逃げのびた洋は平田病院で武士くんと再会する。その場面は息を飲むほど美しい。

　ふたりは黙って手を握り合う。命がけで大火を逃れ、多くの死者たちの中をくぐり抜けてきた洋は安堵感から座り込みそうになる。だが急に「背中に冷たい針金をつきとおしたように、しゃんと」するのだ。気を失ってしまったなぎさちゃんが死ぬかもしれないとの思いがよぎったからだ。洋は武士くんに、医師であるお父さんに、どうかなぎさちゃんを手厚く診てくれるよう頼んでほしいと頼む。武士くんはそのことを約束する。

　このように描かれる「優しさ」は、親切心や思いやりとは違う。人間を人間たらしめんとするものをけして手放すまいとする抵抗なのだ。闘いといってもいいかもしれない。『ぼんぼん』を貫いている「優しさ」こそ、闘うにはもっとも武器になりにくい、もっとも困難にちがいない、でも、だからこそもっとも人間的な、非人間的なものに抗いつづける「優しさ」なのだと思う。そしてそういう「優しさ」が今江さんの思想の中心にあるのだと思う。

　今江さんは沢山の現実の死にも遭われ、また並はずれた想像力で死を見つめてこられたのだと思う。だから、『ぼんぼん』につづいて『兄貴』は書かれなくてはならなかった。そこで短く描かれる佐脇さんの死は強い光を放っているし、洋次郎の苦悩もまたとても重い。さらに『おれたちのおふくろ』へとつづくことで、暗い影をもつ日本の近代を生きた家族の歴史が立ち上がってくるのである。その歴史が、けして切れることのない「優しさ」を縦糸に明るく紡がれたことで、わたしたちははじめて希望の手触りを感じることができるのだ。

　今江さんの文学の全体を語ろうとすれば、軽やかさについて（重厚なリアリズムよりむしろ）や、知性に裏打ちされた笑いについて（涙やセンチメンタリズムに寄りかからず）や、明るさについて（鬱屈ではなく）、もっと語らなければいけないのだと思う。優雅さ（でも、もったいぶった言い回しはなし）や、洒脱と粋（しかも、わかりやすく）について、そしてそのすべてをひっくるめての美しさについても語らなくてはいけないのだと思う。

　今江さんの文学をちゃんと受けとめようとすると、読み手の側にも多くのものが求められる。

　でも、そんなふうに畏まろうとすると、今江さんの笑い声が聞こえてくる気がする。「そんなに気張らんと」と。

「はーい。わたしにはとても無理でーす」とわたしは答える。今江さんはきっと笑って赦してくださると思う。

　わたしはとても若いときに今江さんに出会った。今江さんご自身と、今江さんの物語や小説と、今江さんの評論と、今江さんの講義や講演とに、同時に出会ったのである。それはこの上ない幸運であったのだが、若いわたしの頼りない脳ミソが、ちゃんと理解をしていたとは到底思えない。

いま思い返すと、穴があったらすぐにでも入って蓋を閉めてしまいたいくらいの失礼を数々重ねてきた。

しかし、それでも、わたしは若いときに今江さんに出会うことができて、ほんとうに幸せだったと思っている。

三十年以上にわたって読みつづけてきた沢山の作品がますます輝きを増しているのを見ることができる。評論集『子どもの国からの挨拶』を出たばかりの時に読み、その後『幸福の擁護』や『子どもの本 持札公開』へと読み継ぐことができた。そして、あの大傑作『ひげのあるおやじたち』を、長い年月の後に『ひげがあろうが なかろうが』へと書き広げていかれた今江さんの作家としての生き方に接することができたからである。

今江さんと同じ時代をいま生きていることを、わたしはとても幸せに思う。

いわせじょうこ（作家）

＊翻訳こぼればなし

『ぼちぼちいこか』

新刊なのに、一冊きりでひっそりと立てかけるように置かれていた。毛色の変った一冊だと思われたものか。表紙の、おっとりしたカバくんの顔に惹かれて買った。

一読、ワガコトノヨウに思われたので、訳すときは関西弁で――と思った。だいたい、カバくんの顔からして戎《えべっ》さん顔であります。けれど、全文関西弁というのをトーキョーの出版社編集部が受け入れてくれはるやろか？――不安であった。何しろ三十年も前の話である。

案の定、なかなか首がたてにふられなかった。そのあと桃井かおりさんに会ったときに、「関西のカバに見えるんやけどなあ」とボヤくと、「わらしにも、そう見えるよ」と言ってくれた。それを担当者に伝えると、「桃井さんがァ！　では、コノママデイキマショ」。

嬉しくて、訳文の関西弁に磨きをかけた。

出来栄えは――はてさて、如何《どんな》もンでっしゃろか？

＊

初版が出たのが一九八〇年一月のこと。

それが、このあいだ出た重版（二〇一二年二月）を見ると、初版一〇八刷（二〇一〇年八月）に、二版四刷――になっている。

わたしは、のーんびりしたカバくんの顔にむかってウィンクし、それから改まって最敬礼していた。――

＊

英文科出身ですもンね――とおだてられて訳した、『すてきな三にんぐみ』の訳本の長生きに気をよくし、愛読してきたサローヤンの長篇『ワンデイ イン ニューヨーク』も訳させてもらい、バンサンさん晩年の大冊も訳させてもらう――という、ラッキーな〝訳者〟にいつしかなっていた。

『ぼちぼちいこか』で、好きなものを好きなように訳することができたことが、ホンヤクの仕事でも長続きしたもとの力になっている。まこと、好キコソモノノ上手ナレ、であります。

『ぼちぼちいこか』マイク・セイラー／作
ロバート・グロスマン／絵 偕成社 1980年

くまさん

はるが きて
めが さめて
くまさん ぼんやり かんがえた
さいているのは たんぽぽだが
ええと ぼくは だれだっけ
だれだっけ

はるが きて
めが さめて
くまさん ぼんやり かわに きた
みずに うつった いいかお みて
そうだ ぼくは くまだった
よかったな

まど・みちお
'93・8・4

今江祥智様

まどさんからのおくりもの
「図にのって こんなもの
書いてしまいました
ご無礼の段 お恕し願います
'93・8・4 まど・みちお」の
メモがそえられた2篇の詩。
自身をくまに例えることもある
愛熊家の今江祥智へすてきな
贈りものだ。

そら

まど・みちお
'93・8・4

そらが　あんなに　あおいのは
うみが　うつっているからか
ほしが　すむ　くにだからか
そらの　しずく　ひとつぶ
すってんころりん　ほうほけきょ
と
ぼくの　てに　おちてこい

今江祥智様

これまでと
これから

今江さんのこと――太くとぎれず

鶴見俊輔

今江祥智さんとはながいおつきあいになりました。五十年をこえるのとちがいますか。

はじめは英語の教師として、ディズニーの翻訳についてが知り合いになる入口でした。

それから作品を次々に読んで、何か骨太の簡単にぽっきりおれない作風を感じました。

少年の頃に自分を育てる印象が、少年のときだけにおわらずに、育ってゆく。

それは実生活で、奥さんに去られて、娘を育ててゆく。その年月にたえてゆく月日についてうかがうことに裏づけられ、その娘さん（冬子さん）が「上海バンスキング」に出演されるのを見るまでに至りました。この生活訓練は、どれほどの力を、父親にもたらしたかに打たれました。今江邸での児童文学者の会合に参加したこともあります。すべてが混然とした力となって今江さんの作品の中に生きているように感じます。雑誌の座談会で公けの時間をともにした記憶とちがって、私のくらしに対して刺激となって入ってくる、おもしろい体験をわかちもった。それが今江さんの作品の印象の一部となって私の中にあります。

つるみしゅんすけ（哲学者）

これまでと
これから

ある晴れた朝、川ぞいの喫茶店で

津野海太郎

　昔話ごめん、とまずおことわり。なにせ書く人間も書かれる人間もじじいですから、たのしいことといえば昔話しかない。

　で、明るい空と爽やかな風、「ひさしぶりだぜ、こんな朝」と柄にもなく深呼吸したりすると、きまって思いだすのが、私の場合、一九七八年の十月ごろだったか、加茂川ぞいのひろびろした喫茶店で今江さんと楽しく話をしている光景だったりするんですね。午前もまだ早い時間。九時か十時ごろ。出町橋のすぐ近くだったと思う。おなじ京都の作家、上野瞭さんもいっしょでした。

　記憶力にきわめてとぼしい私が、なぜ一九七八年と断定できるかというと、その半年ほどまえ、同年四月六日に私は四十歳になり、滞在中の京都で、そのとき初対面だった今江さんが誕生会をやってくださったからです。建てなおすまえ、まだおんぼろ小料理屋だった時代の百万遍「梁山泊」の座敷。酔っ払った今江さんを迎えにきた小学生のおじょうさんが、「おとうちゃん、目がどろどろやん」と冷たく宣告していたっけ。

　私が四十歳ということは、今江さんは私の六つ上だから、あのとき四十六歳ですか。上野さんは五十歳。二〇〇二年に七十四歳でなくなった。

　そのとき、川ばたの喫茶店でどんな話をしたのかはすっかり忘れてしまいました。でも上野さんがいたところを見ると、あのころ、おふたりがだしていた『児童文学通信U&I』という瀟洒な小雑誌を見て、ぜひ紹介してくださいと、たぶん私の側から今江さんに頼んだのでしょう。

　ついでにおことわりしておくと、当時、いや、いまだって同じようなものですが、私は日本の新しい児童文学のことなど、なにひとつ知らなかった。

　今江さんのエッセイ集『夢見る理由』が私のいた晶文社から刊行されたばかりでしたけれども、あれは私の企画ではない。おそらくこのエッセイ集と、前年に理論社からでた『優しさごっこ』という小説を読んで今江さんに関心をもち、京都に行くたびにお会いするようになったのだと思います。七〇年代はじめから私は編集業に並行して「黒テント」の演劇興行に深くかかわっていましたから、その用件もあって年になんどか京都に足をはこんでいたんです。

　それにしても、よく晴れた気持のいい朝というと、子どものころから親しんだ浅間高原でも伊豆の海でもなく、なぜ条件反射のように、あの京都出町の喫茶店の光景が頭に浮かんでしまうのだろうか。大いそぎで考えると、理由らしきものがふたつほど見えてきます。

　ひとつは、今江さんと上野さん、それから、このときはいなかったけれども灰谷健次郎さん。こうした高名な中年作家たちが朝っぱらから喫茶店で会って、高校生のように他愛ないおしゃべりをしている。そのことの奇妙さですね。こんな光景は東京にはない。ほかの都市でもむり。おそらく京都でしか成立しえない社交のスタイルだと思う。そして、その例外的な社交の場にいま自分がいる！　そんな小さな感動があって、そのせいであの朝の光景が私の記憶にヒョイと焼きつけられてしまったのではないか、というのがひとつ目の理由です。

　そして、もうひとつ、あの時期、今江さんが作家個人としてだけでなく、ベテラン編集者、というよりも豪腕の運動組織者として、日本の児童文学の世界に大きな変化をもたらそうと張り切っていたという理由があるだろう。今江さんの口から、岩瀬成子や江國香織といった期待する新人たちの名を最初にきいたのも、もしかしたら、このときだったかもしれません。今江さんや灰谷さんにつづいて、上野さんもこの年、児童文学の枠をやぶって、あるいは拡大して、『砂の上のロビンソン』という大人向けの小説を新潮社からだしている。そして今江さんが機関車役をつとめた児童文学専門誌「飛ぶ教室」の創刊が一九八一年――。

　ただし、そういう特殊な時期だということを私がきちんと意識していたかというと、いません。――いなかったと思うが、でも現に、一九七八年十月の朝、あの川ばたの喫茶店の光景がいまも私のうちに残っているところを見ると、案外、あのころかれらのうちにあった張りつめたものの気配が、そうと意識することなく私にもしっかり伝わっていたのかもしれない。

　もちろん、この朝の光景に象徴されるようなものは、人も街も文学の動きも、とうに消えるか変わるかしてしまいました。上野さんはもとより灰谷さんもすでにいない。さいわい今江さんはお元気ときくが、三十数年まえ、私たちにこういう朝があったということなど、おぼえてらっしゃるわけがない。なぜか私だけがおぼえていて、時折、そのことをおもいだす。ちょっとふしぎな気がします。

つのかいたろう（評論家・元編集者）

今江祥智の素顔

恩師　今江祥智先生

奥野佳代子

今江先生との出会いは十八歳！でした。

その頃の私は、ありきたりの大人ではなく魅力的で十分な大人になりたいと強く強く願っておりました。

短大の門をくぐって、児童文化担当の今江先生の「お早よう、ございました！」で始まる講義は、そんな私をワクワク、ドキドキの世界へすっと引き込んで下さいました。例えば、キンダーブックの「きんたろう」の世界から、谷川俊太郎氏の「けんはへっちゃら」の世界を観せてもらった折には、こんな楽しい世界があったのかと驚き、目からウロコでした。日本も高度成長期に入り世の中が大きく動き出した頃でありました。

絵本・童話に限らず、ゼミではその当時の小説・音楽・絵画・演劇等、巾広く生き生きした文化を示唆して下さり、まるでスポンジが吸い込むように伝わってきました。学園祭には、フォーク界の高石友也氏を招いてのコンサートやイラストレーターという初めて耳にする職業の宇野亜喜良氏の講演会を催されるなど、今から思えば贅沢きわまりない時間を作って下さっていました。（後に一般にも呼びかけた文化講演会や『児童文学』という雑誌も出版されていました）

もう少しこの空間にとどまりたいと思いつつ、小学校の教師として社会に出たのですが、いつの時も心の軸は、今江先生のそばで学んだことばかりでした。何より励みになったのは、第一線で活躍されている方々の講演会で接する機会を下さったことや、その後もずっと後押ししつづけて下さったことです。ややもすると枯渇しそうな引き出しを潤すことができました。頂いた心意気は児童にも伝わり、大へんだったけれどいい関係で約三十年間教師生活を続けることができました。これも、お蔭と感謝しています。自分が望んでいた大人になれたかどうか…還暦を迎えて一年がたちます。

おくのかよこ（聖母女学院短期大学卒業生）

今江祥智の素顔

イヴ・モンタンと美術とおいしいもの

遠藤育枝

十年ほど前、今江夫妻とご一緒したヨーロッパへの旅は、先生のお好きなもの満載だったと思う。先ず到着したパリでは、ルーブル美術館をゆったり楽しんだあと、先生はパッサージュにある映画関連の古い写真などがそろう小さな店で時間を過ごされた。パリから向かったのは南仏ニース。神戸で評判の仏料理店のシェフだった美木剛さん夫妻が出迎えてくださり、少々俗化されているというニースでは昼食だけにして、サン・ポールに向かった。

ここは、中世の面影を残す小さな村で、私たちの宿ラ・コロンブ・ドールは、ピカソやミロなど著名な画家たちが宿代がわりに置いていった絵のお陰で、南仏でも人気のスポットなのだという。小ぢんまりしたロビー兼バーには、ピカソの写真や詩人プレヴェールの手書き原稿が額装されて、分厚い石の壁を飾っていた。マティスの礼拝堂や美術館を訪ねた後ここに座り、夕食前に一杯飲んだ時のほっこりとした気分が、写真を見ていると蘇ってくる。先生は、額の中の文字を指さしておられる。ここサン・ポールには、イヴ・モンタンの別荘もあり、シモーヌ・シニョレとの結婚披露宴は、この宿で開かれたのだとか。広場を隔てた宿の向かいにある煙草屋には、モンタンが球技ペタンクを、この広場で村人と楽しむ絵葉書が売られていたりした。

児童書見本市開催中のボローニャで先生が喜ばれたのは、市庁舎にあるモランディ美術館だった。モランディの絵そのままの静謐さがそこにはあった。

勿論、食いしん坊の先生らしく、ホワイトアスパラや仔羊といった品々もお相伴したけれど、宿の部屋でくつろいで食べたおにぎりや、日本から持参したインスタント食品が、疲れた胃には何よりのご馳走だったかもしれない。

お忙しい合間をぬっての「おいしい」旅の様子は、『お勘定!』という美しい私家版の作品に再現されている。そして、モンタンへの想いは、『モンタンの微苦笑』という、これまた美しく凝った作りの私家版にたっぷりと盛り込まれている。

えんどういくえ（京都精華大学教員）

今江祥智の素顔

星をかぞえよう

山下明生

ここに、一枚の絵があります。草原に立つ少女の肩を、星の妖精がひっぱっています。絵の裏面には、「山下さん、星をかぞえましょう　長新太」とあります。今から五十年も前の雑誌編集者時代、今江祥智さんと長新太さんの小説ページを担当し、一年間の連載が終わったとき記念にいただいた絵です。そのタイトルが、のちに理論社から単行本となった『星をかぞえよう』でした。

今江さんと初めて会った二十五歳のころ、わたしの体重は五十キロをわずかに超える程度でした。それが今では、年齢も体重も七十をかるくクリアしています。

当時、食事は社員食堂と飲み屋の夜食ですませていたわたしには、今江さんとの出会いは衝撃的でした。たとえば居酒屋にはいっても、テーブルからはみだすほどに、片っぱしからツマミを注文するのです。

「なんでそんな、親のカタキみたいに」と、いぶかるこちらに、今江さんはいいます。

「子ども時代は戦争で、ろくなもん食べてないから。食べれるときに食べなきゃ」

あれから半世紀、多いときには年数十回、少ないときでも年数回は今江さんにお会いし、児童文学を肴に『食べるぞ食べるぞ』（マガジンハウス）を地で行きました。

あとで気がついてみれば、今江さんは、そんな食の情熱を作品に反映させて、『桜桃のみのるころ』（BL出版）のような「おいしいマゲモノふぁんたじっくラブストーリー」（帯の引用）を結実させています。

作家の力量をはかるには、食べ物の描き方を見ればいいといわれますが、今江さんのご馳走物には、腕の立つ料理人のような優しさと丁寧さがこもっています。児童文学でおいしさを表現するには、今江さんが最右翼でしょう。

かくいうわたしは、「星をかぞえよう」という長さんの裏書を踏みちがえて、ミシュランの星を数えるような、メタボ暮らしに流れてきました。が、この年になると、食欲に支えられる生活も悪くはないと、考えはじめています。

今江さん、またおいしいもの食べにいきましょう。

やましたはるお（作家）

山下明生氏所蔵

今江祥智の素顔

今江先生

綱　美恵

初めてお会いしたのは、京都ロイヤルホテルのロビーでしたね。そんなに昔のことではないように思っていましたが十九年前です。そのころの私は、たんなる子どもの本が好きな大人でした。

今江先生には、小社も主催の一社となっている「部落解放文学賞」児童文学部門の最終選者を賞の立ち上げからお引き受けいただき、長年お世話になっています。

なかなか入選が出ない児童文学部門に受賞者が出たのは、第十一回のときでした。解放出版社で庶務のようなことをしていた私は、入荷したての雑誌「部落解放 増刊号 部落解放文学賞」を手にして入選作「マサヒロ」を読みました。最終選者の太鼓判は、おもしろかった、なのに単行本化の企画は上がっていませんでした。どうして企画が上がってきていないのか編集部に確かめにいきました。「マサヒロ」のボリュームでは束が出ないから単行本化は望めないとの判断でした。小社は、人権啓発を中心に一般書籍を刊行しています。そのころ子どもの本は未経験でした。子どもの本だから文字を大きくして絵を入れれば一冊になると進言したところ、編集長から「やってみるか」と下駄を預けられました。

嬉しかったのですが、どうしたらいいか、誰に教えを請えばいいのかもわからなくて、厚かましくも唯一、伝のある今江先生のところへ行きました。編集の「へ」の字もわからないまま、ただ「マサヒロ」を一冊にしたい一心でした。そんな私の気持ちを汲んでくださり、編集者の心得から教えてくださいました。

子どもの本の世界の入り口で背中を押してくださったのです。その後、たくさんの人に助けていただいて今もこの世界にかかわることができていますが、今江先生とお会いしなければ、今の私の人生はありませんでした。ありがとうございました。これからもよろしくお願いいたします。

つなみえ（解放出版社編集者）

今江祥智の素顔

「いまえよしとも」さんのこと

常田　寛

今江さんと初めてお会いしたのは、今江さんが東京での生活を切り上げて、京都上賀茂に居を構えたばかりのころでした。『3びきのライオンのこ』が光村の教科書に載るときで、その最終チェックにご自宅をお訪ねしたのです。当時わたしは、京都での営業と東京での編集を掛け持ちしていましたので、担当をさせていただくことになったわけです。

「今江さんはちょっと気難しいかもしれないよ」と同僚にさんざん脅かされ緊張して出向いたのですが、まだ三十代のヒゲもない今江さんは大変気さくで、優しさあふれる楽しい物語と目の前の今江さんとが、瞬く間に一致しました。玄関からずっと、足の踏み場もないほど積み上げられた本と本の間を縫って二階に上がっていったことを思い起こせば、通された部屋で、教科書のための修正を済ませて許諾をいただいたときの喜びと安堵が昨日のことのように甦ります。こうしてこれを機にわたしは今江さんをちょいちょいお訪ねするようになりました。

そんなある日、今江さんからほほえましい話をうかがいました。当時上賀茂神社近くの小学校に通っていたお嬢さんの冬子ちゃんが、学校から帰ってくるなり、「父上は、とっても偉いんだね」と言ったというのです。学校で習った物語の作者がおとうさんであることを、担任の先生が明かしてしまったようなのです。それまで冬子ちゃんにとって今江さんは、家で食事やお風呂の支度をしてくれるひとであり、小さな机に向かって字を書くひとであり、冬子ちゃんは、父上の仕事はなんだろうといつも疑問に思っていたのです。先生に言われるまで、教科書で目にした「いまえよしとも」と父上とは結びつかなかったのでしょう。

もうひとつ忘れるわけにいかない出来事があります。『飛ぶ教室』創刊のプロデュースをしていただいたことです。光村若手社員の念願であったこの雑誌が、一九八一年十一月に無事船出を果たしたときの感動は、言葉には尽くせません。雑誌は、その後十五年続いて一旦休刊となり、二〇〇五年に復刊して現在に至ります。ですから今江さんには引き続き、あっと言わせる作品を書いていただくことを切望しています。

ときたひろし（光村図書出版社長）

戦友

山村光司

『山のむこうは青い海だった』の出版が一九六〇年だから、今江先生とのお付き合いは五十年になる。その間、たくさんの今江作品を出版させていただき、いま、私の書架に納まるその一冊一冊が、懐かしく、忘れられない思い出を語りかけてくる。

ふだんは親しく「山ちゃん」と呼んでくださり、エッセイ集『私の寄港地』では、《二人とも美しい本づくりということにかけては無二の「戦友」……》とも書いていただいた。

とはいえ、なかなか「戦友」になれないときも多かったように思う。とりわけご自分の出版物ともなれば、他人任せとはいかない先生と、現場を取り仕切る職人的出版屋の私とのせめぎ合いは、「戦友」どころか「敵」でもあった。でも、それも長くは続かない。先生は「山ちゃん」を気長に教育し術中にはめ込む。本の形が半ら見えてきたころ、いつのまにか私は納得して「戦友」に戻っていた。

長年、温めていた本があった。『ぼんぼん・全一冊』だ。共通の想いの「つくりたい本」とあれば、お互い熱くなる。その極めつきはブックデザインにあった。何の前ぶれもなく平野さんのデザインが出来上がり、突然現われた。「山ちゃん」を蹴飛ばし走り出したのだ。「戦友」は再び「敵」となった。

「本は私が出すのです!」血相を変えて噛みついてみたものの暖簾に腕押し、にこにこ笑う先生の前に『全一冊』は美しく仕上がっていった。その「あとがき」は、こんな風に、しめくくられている。

《十年このかた「ぼんぼん」四部作を一冊にした定本をつくろう――というのは理論社の山村さんと私の夢であった……(中略)……私の長い間の夢を現実のものにしてくださった山村さんと、全集以来コンビで美しい本づくりをして下さった長さん、平野さん……》

こうして、再び「戦友」に持ち上げられたこの一文で、わたしは、いつも出版屋の誇りを取り戻したのだった。わたしは、あの血相も忘れ、相変らず先生と格闘しつづけた日々が懐かしい。やっぱり「戦友」だったんだな。ウン。

やまむらみつし(元理論社社長)

これが最後！

小森香折

物語の中に今江先生をモデルにした人物を登場させるとすれば、まっさきに思い浮かぶ舞台は、パリだ。セーヌ河畔のアパルトマンに住む繊細な青年、オーランド。インテリアも身に着ける服もシンプルだが、些細な小物ひとつにいたるまで、端正な美意識で入念にえらばれているのがわかる。路地にある馴染みの店のマスターは、彼が姿を見せると、くもりひとつないグラスに琥珀色の液体をつぐ。友人たちが彼のまわりに集まってくる。けれど野暮な客が声高に笑いはじめると、彼はさりげなく店を出る。居心地のいい部屋にもどって、本を読むために。

彼の人生を彩るのは、猫と詩とイブ・モンタン。恋人は物憂げに、長い睫毛を震わせてつぶやく。

「彼は美しいものしか愛せないの」

あるいは古代中国の賢者、祥子（注：孔子や孟子にならい、しょうし、と読みます）。英名を知った諸公は祥子を得んと手を尽くしたが、祥子は俗塵を避け、山深い翡翠湖のほとりに庵を結んでいた。彼は書画に親しみ、美酒に酔い、湖に棲む龍と問答する生活を愛した。弟子になりたいと訪れる者には、「吾、弟子を取らず」と、にべもなかった。しかし、祥子は本来面倒見のいい性格で、人を教え育てることが文化の礎であることを承知していた。

それゆえ未熟な若者に教えを乞われると、祥子は「これが最後です」と言いながら世話を焼くのが常であった。栄達を望む若者たちは、「先生、ほんとうにわたしを最後にしてください！」と思い、そう口にする者もいた。めでたく出世した後は、恩を受けたことを忘れる者さえあった。それでもなお、祥子は「これが最後です」と言うことをやめなかった。

「敵に塩を送るようなもんじゃないか」

ある夜、翡翠湖の龍が見かねて言った。

祥子は微笑をたたえ、月光を肴に酒杯を重ねるばかりだったそうな。

こもりかおり（作家）

Waiting for the Party

島　式子

今江祥智先生と最初に出会ったのは、同志社の「アメリカの絵本」の講演会会場だった。

モーリス・センダックと言葉を交わした満足感に浸っていたあのころ、一九七三年、講演後「ところでアメリカでは『ちびくろさんぼ』はどうなってますのや」には正直驚いた。直前にめぐりあった上野瞭先生と同じ問いかけだったからである。京都の大学教員二人がそろいもそろって、植民地インドの子どもを描いたスコットランド人女性バンナーマンの視座にメスを入れ、アメリカのマルチカルチュラリズムまで話はつき進んだ。「おもしろそうやから、いろいろ聞きたいな。ぜひ遊びにきてください。」「はい、行きます。」

眩暈がするほどに嬉しかったのに、ふと気がつけば、今江家の住所も電話も何も知らない。呆然と二日をすごし、京都の丸善のあたりを歩いていると、四条の角から赤いオーバーの少女と「一度みたら忘れられない」今江先生のお姿がこちらに向かってくるではないか。「お、なんで遊びに来てくれはらへんのや？　待ってましたのに。」「あ、いや、あの、お宅がどこかわからなくて……」「は？　ここです。ここです。」美しい名刺が手渡された。

自転車が並び、下駄が並ぶ。長新太さん、新村徹さん、田島征三さん、上野瞭さん、灰谷健次郎さんが座卓を囲み、日本酒と煙草の煙が溢れ、十個の卵を豪快に使った出し巻きが大皿を陣取り、音楽と人と文学の夜は更けた。今江祥智の笑いと大声の中に希望が渦まく時代。コムラードたちは、龍宮城を立ち去ることなく、いつも次にせまるパーティを待ちかまえてでもいるようだった。

*

そのあと、今江先生からお手紙をいただいた。——この年になって、新しく若い友達ができるのは嬉しいものです。——

あの時から、宝物のように大切にしている封書や葉書は相当な数になる。お手紙については、まず文房具を選ばれる先生のセンスから話さなければならない。万年筆、ボールペン、色鉛筆、封書のデザイン、形、絵葉書、写真葉書、葉書には、先生が、本、人、花、音楽、食を選ばれるのと同じ感覚が潜んでいる。切手、郵便局のスタンプには、先生が投函されるときの息づかいすら感じさせられる。「人の手による通信」が手元に届けられること自体少しずつ減ってきて、宛名書きを見ただけで、あっと思える日がいまに来なくなるのかもしれない。

　これだけでも充分宝物なのだが、それに加えて、もう一つ、大切な宝石が入っている。

　それは、お手紙の文章の右下に（時に最後に）小さく、あるときは大きく描き入れられる「画」である。自画像ふうでお洒落な熊のスケッチは、あるときはご機嫌のよい昼下がり、あるときは夕日にむかって自転車を走らせるイメージとなって表れる。シェパードのプー横丁とは一味異なるこの洒脱な今江作品が、我が家の額の中でひっそり佇むのは、あまりにも勿体なくて残念だった。熟成したワインを味わうように、お眼にふれる日に。乾杯。

しまのりこ（甲南女子大学名誉教授）

＊エッセイ

モンタン好き

思いおこすと、あれはもう半世紀も前のことになるだろうか。大学を出て名古屋で中学校の教師になった頃のこと。自転車で三十分も走ると新村猛先生宅にいける。そこで先生がお集めのクラシック音楽のLPの山の中から好きなものを取出して聴かせていただくひとときが、新米教師のがさつな日々にとっての至福の時間であった。プレイヤーもLPレコードも買う余裕《ゆとり》などなかった。そしてまた夜の街を横切って下宿先のお寺に走り戻るのである。

そんなある日、先生が一枚のドーナツ盤を取り出してかけて下さった。何やらロシア民謡みたいだが、言葉はフランス語らしいと分る。メロディはゆったりと美しく声もゆったりと骨太だ。先生は裏面をかけて下さった。呟きのようなところから始まり、ゆっくりしたシャンソンに展開していく。「枯葉」との初対面であった。その歌い手がイヴ・モンタンで、まもなくLPが出ると聞いて、とにか

楽屋でサインしてもらったレコードジャケット。

くボーナスはたいて小さなプレイヤーを買い、モンタンのLPを手に入れた。

　何やら甘ったるいものと思っていたシャンソンに筋金が入ったような、そして自在な歌いっぷりに惹きつけられて、聴きこんだ。

　そしてそんなモンタンの出演した映画「恐怖の報酬」と「青い大きな海」を見て〝ファン〟になった。『頭にいっぱい太陽を』という自伝の訳本も出て、拍車がかかった。その生きっぷりにも魅せられた。

　とどのつまりは友人を介してのキョードートーキョーの社長さんのはからいで、来日したモンタンさんと会わせてもらうところまでいったのだったが――つまりはこの男に背中を押してもらうかっこうで――わたしはシンドイ日々を明るくかかえ、自分も「歌」をもちたくなった。独自の仕事ができたら――と考えるようになれたのだった……。これもめったとない人生の中での〝出会い〟の一つであった。あげくに、『モンタンの微苦笑』なる私家版の一冊まで作ってしまったほどだが――こうした〝出会い〟もあったのか……と、静かに思い返している……。

右は『頭にいっぱい太陽を』の原書"Du soleil plein la tête"のサイン本。左は、一冊丸々モンタンのことだけを書いた『モンタンの微苦笑』。

南仏のホテル、
ラ・コロンブ・ドールの前で。

編集者のころに出会った作家たち

石井桃子

＊編集者のころに出会った作家たち

上京して暫く下宿させてもらっていた松居直さんちのすぐ近くに石井さんのお宅があった。松居さんが運転する車で出勤するわたしは、石井さんのお宅を囲む長い生垣沿いに走ることがあると、（ここがノンちゃんとプーさんの生まれた所なんや）と、目礼をおくっていた。石井さんが生み出し送り出した、このふたりの主人公は、児童文学を志し始めたわたしにとっては、輝くような存在であった。

　仕事のことで松居さんが石井さんちに立寄ることになって、初めて伺った。大きな犬がまず顔を出し、その風姿に似つかわしい「デューク！」という名で呼ぶ石井さんの声がした。おっとりと振向くデュークのむこうに石井さんのお顔があらわれた。ノンちゃんが大人になったらこうだろうな……と思われるような石井さんのお顔との初対面であった。

　次にお目にかかれたのは「路傍の石文学賞」を『ぼんぼん』四部作でいただいたときのことで、選考委員室に御挨拶に伺うと奥から一人出てらして、「どれも長いものでしたが、ちゃんと拝見しましたよ」と仰言った。きりりとしたお声が今も耳底に残っている。有難く嬉しい一言であった。ノンちゃんとプーさんとウサコちゃんとファージョンさんから声をかけてもらったような豊かな気もちに包まれていた。四重唱なのである……。

『子どもと文学』で新しい児童文学への予告をされたあと、リリアン・スミスの『児童文学論』の訳出で、その詳細な「内訳《うちわけ》」が紹介され、提言の数々が、きわめて具体的に読み手にわかるように語られていた。童話というものに、あいまいな概念しかもっていなかったようなわたしにとっては大層有難い一冊に出会った。

　そもそもの童話とのつきあいは、石井さんが訳されたエリナー・ファージョンの童話集『ムギと王さま』といってよいわたしにとって、石井さんの次の一冊に目が向くのは当然のなりゆきで、とりわけ心惹かれた『クマのプーさん』二巻は繰返し読んだ。童話というもう一つの世界の登場人物の〝典型〟といってよい連中が、その絶妙なお喋りで織りなすナンセンシカルな童話劇に思えたからで、――わたしはいつのまにやら連中にたちまじって喋っており、またいつのまにやら童話の国の言葉をあやつれるようにもなっていた……。

　そのうち、こちらも絵本や物語を訳す仕事もするようになると、あらためて石井さんの〝うまさ〟がじわじわしっかり分るようになり、同時に選書というか――数ある作品の中からどれを訳すべきかの選びの目の確かさにも舌をまいていた。そんな石井さんのなりたちは『幻の朱い実』に語られてもいるが、後に続く者にとっては、こわいけれど心から信頼できる先達であった。同時代に生きられて倖せを感じさせてくれるかたであった。

＊編集者のころに出会った作家たち

手塚治虫

月報連載の長篇を書きあぐねて、ホテルをハシゴしたことがあった。場所や部屋がかわれば気もちもかわって、作品が動き出してくれると願ってのことであった。宝塚ホテルからホテル・フジタ、山の上ホテル……と、トコロをかえて書き続けた。山の上ホテルがいちばん馴染んだ場所だから、ここなら——と、とっておいたが、いざ入ってみると、ペンは動かない。こんなはずでは——という気もちが重荷になって焦《あせ》りが最高になったとき、「来客《おきゃくさま》です」とメッセージが入った。これ倖いと出てみると、手塚治虫さんであった。

聞けば手塚さんも案《アイディア》につまって〝放浪〟している由。こちらが山の上ホテルに泊まっていると小耳にはさんだから、やってきた——とのこと。それから三時間ほどは、とりとめない話を交換していた。わたしにとって、手塚さんの話は充分以上に面白かった。漫画家のアイディア難と、それを見つける〝旅〟の話には身につまされた。こちらも同じ思いを繰返しているからのこと。あれほどの数の作品を描いてきた手塚さんでも、〝行き詰りのからっぽ〟の空間で立往生してしまうというのは、信じられないのに——奇妙に実感があった。手塚さんの漫画は、やはり〝行き詰り〟のむこうに抜ける持久力があって初めて続いていく——という実感であった。行き詰りの向うへ抜ける見通しが、飛躍する想像力になって次の新世界を発見できる——ということだったのだ。

コマとコマの合間を飛躍できる漫画ならではの発想の妙味というか——文章世界にはない空間飛翔の面白さを感得していた。しかし、そいつをこちら流に換骨奪胎すると、まったくちがったことになる。絵でつないでいく漫画の世界の飛翔は、やはり目に見えるものなのだ。言葉の場合は、そいつを使う同士の想像力なしでは見えてきてはくれない。

—だからいいんです。

と、手塚さん。何もかも絵に直して、見て理解し合っていく——という漫画家同士の世界とは大違いだ——というわけだった。絵に描かれているからすべてが見える——というわけではないんだもの——ということらしい。

いちいちを言葉に直して表現し、お互いがそれを頭の中で紡ぎ直して理解し合っていくという〝文章表現〟のまどろっこしさを、確かさと置きかえて話す手塚さんが逆に羨ましかった。

「ディズニーの国」誌に作品をお願いし、『山のむこうは青い海だった』をもって参上して以来のおつきあいだったが、あまりにも早く亡くなってしまわれた。口惜しいので眠る前なんかに手塚さんと話す。けれどなかなか夢の中にまでは来て下さらない。あれだけの仕事をなさったのだもの、さぞやお疲れで、ゆるりとおやすみなんだろうなあ……と、朝目をさまして思い、今日も一仕事するか——と自分を励まして苦笑する。

佐藤さとる

＊編集者のころに出会った作家たち

あの本はもしかしたら〝本屋のみつくろい〟だったものか。新米教師として、名古屋の新設中学校に赴任したとき、教頭さんに「図書館でも覗いてちょ」と言われて入ってみると、がさがさの書棚にあった「購入検討中」の紙片の横に、二冊の本が肩を寄せ合っていた。

『だれも知らない小さな国』に『木かげの家の小人たち』という、これまで出会ったこともない不思議なタイトルのもので、佐藤さとる・いぬいとみこ——という「著者」の名とも初対面であった。普通の本よりひとまわり大きな本を取上げてみると、箱に絵が——それもタイトルに寄りそって一目で、中味をうかがわせる体のものだとわかる。文字タイトルだけのフツーの小説本とは大違いなのである。それでやっと、その二冊が図書館にフツーに置かれた本とはちがって、〝読者を選んでいる〟——裏返しにいえばぴたりの読者を待っている本だと気づいていた。鈍《どん》というか、無知だったのである。大人になってから、そんな子どもの本を手に取ろうなどとは思ってもいなかっただけのこと。

手に取ったついでに——と読み始めると、これが面白かった。あっというまに〝物語〟に引きこまれていた。小人が出てきても不思議に思わなかった。むしろその足音や囁き声までを耳許に聞いていた。本格的なファンタジーものとの、初めての出会いであった。コロボックルさんとの初の出会いでもあった。こうした〝登場人物〟を創造する仕事が〝子どもの文学〟とかかわることだ——と思いしらせてくれた一作であった。書き手の佐藤さん＝セイタカさんと会えたのは、上京後のこと、いぬいとみこさんの紹介で、勤め先の実業之日本社を訪ねた。セイタカサンそっくり！　と思うような人物が飄然と現われて——わたしは最敬礼していた。

　それからというもの、佐藤さんと出版部長の篠遠喜健さんのお蔭で、わたしはまだまだ若僧のくせに、美しい童話集『ちょうちょむすび』（画家に長さん宇野さん和田さん田島さんを——といったゼータクな願いも、すっきりときき届けて下さった！）をつくっていただき、いままでもその一冊を自分の代表的な童話集だと思っている。そのあと、書きおろしで『海の日曜日』も出していただいた。（箱の背が黒色なので「営業から〝ソーシキ本はダメ〟って言われちゃってね」と苦笑しながら、二人共、すんなりとつくって下さった）。

　この本が思いがけず課題図書になったものだから、わたしはようやく一息ついて、また次の書きおろしに向うことができた。ラッキー続きなのであった。

　とにもかくにもあのコロボックルを創造した佐藤さんに背中を押されて——わたしは子どもの本の世界に泳ぎだしたのであった。

古田足日

＊編集者のころに出会った作家たち

古田さんの存在は、昔からわたしにとっては〝錘《おもし》〟のようなものに思えた。

作品も書き方も話し口も考え方も、それに生きっぷりも――テンポ・アンダンテ・カンタービレというか。話し方ひとつにしても、ゆっくりであるうえ声が小さいから、こちらもゆるりと静かな気もちで聞くことになる。せっかちで、ときには無鉄砲に走るところもあるわたしにとっては、有難い存在であった、錘、なのである。

わたしのほうはジェット機みたいに、大阪―名古屋―東京―京都と駆け抜けてきたが、古田さんはヘリコプターのように、ゆわーん……と東久留米の空に浮かんでいる。――

そして、何十年間かがすぎていた。

そのあいだに、わたしのまわりを何人もの人が駆け抜け駆け去りしていった。上野さん斎藤さん灰谷さん河合さん、そして長さん――。

その一人一人についても、一度ゆっくりと古田さんと話してみたいと思いながら、時ばかりがすぎていった。古田さんちへいこう――と思っていた。ひとり喋りにならぬように、二人の間のマをとってくれる人として編集者の伊藤英治さんを誘って――と思っていた。その伊藤さんが、不意打ちみたいにあちらへいってしまった。——

古田さんの評論やら言動やら作品を、一つの錘に見たてて児童文学界という釣池に糸をたれていたところが、わたしにはあった。目には見えずとも、水の中の錘の動きを指先に感じとって竿を動かすのである。

この錘は、のんびりの音無しの構えにみえて、魚の動きや触感には敏感であるからして、そこの見極めがあれば、京にいながらにして東の動きが掴めるところがある。

古田さんとはもうしばらく話してないなあ……と思いながら、耳許にその呟きを聞くことがある。この錘は、まだゆらりと水の中に健在なのである……。

上野さんが元気だったころは、会うと一度は古田さんの噂をした。上野さんにとっても古田足日という評論家は、東では信をおける一人であった。従ってわたしは、上野さん亡きあと、二人分の気もちで古田さんを思いうかべる。古田さんが二人分の元気で再び批評家として、も一度この世界を走り抜けてくれないかな……と属望している。児童文学界を半世紀の幅で目配りできる生き証人が確実に減っている今であればこそ……。

古田さんはいつだって低声《こごえ》で喋ったから、こちらは耳を澄ます。昔の佐野美津男のように、はきはきと話し、言い切り、こちらを反撥させて〝論争〟したがる批評家も、わたしは好きだったが、今となっては、長続きしている古田さんの呟きの持続力ということを考えるようになっている……。

＊編集者のころに出会った作家たち

谷川俊太郎

作者にも予想がつかない仕方で詩は生まれる。そこに働く力は作者自身の力量を超えている――と、谷川俊太郎は新しい詩集を出した折りに記していた（『夜のミッキー・マウス』あとがき）。

谷川俊太郎でさえ、そうなのだろうか――と、言葉の紡ぎ方の不思議に立ち止ってしまったのを覚えている。物語を織るときの言葉の使い方とは、一味ちがうものらしい。

次の一行の予測がつかずに「物語」をすすめていくのは難しい。でないと、物語の展開を踏みまちがえる怖れがある。詩のように、飛躍や逆《さか》上《あが》りみたいなやりかたで次の一行に移ると――奇妙な齟齬《そご》が生じる怖れもある。

そんなところでは詩の跳躍ぶりを横目で見ながら、地道に歩くしかない。そのかわり、物語全体が思いもかけぬ飛躍や変身ぶりを見せてくれることを願って物語を織り続ける。

谷川さんは、詩の朗読をするときも、淡々とした口調でやる。かなり怖いことを並べた詩でも、些かきわどい語句がちらほらしていても、かわりがない。谷川さんが歩くときの歩巾や生き方をふっと思いおこさせる。考え方、書き方が、生き方と似ているのかな、と思ったりもする。

三十四冊の詩集から選んだ詩篇を軸に、編集者だった山田馨さんと対談した『ぼくはこうやって詩を書いてきた』(ナナロク社　二〇一〇年刊)の、谷川さんの語り口や詩の取り出し方も、どこやら自分の仕事のまとめのような感じもする〝谷川俊太郎による谷川俊太郎論〟は、なかなか面白かった。〝空と泥〟というキーワードがあちこちに垣間見られるなか、その詩作と生活の裏表もあぶり出されている仕掛けにもなっていて。谷川さんは〝年の功〟というコトバで老いて詩を書く自分——というものを突き放して見ている。気取りがなくなったところが気取り——みたいなとこだね——といった一言が効いていたりして。

四十年以上も昔、谷川さんの本を作ったことを思いおこした(『日本語のおけいこ』理論社)。

長新太さんの絵がたっぷりで、楽譜つきの大判のもの。あの頃の一冊としては贅沢な造りだったろうか。新米の編集者の作ったものだから、今見れば誤植もあって出来の良くないものだったろうが、こちらとしては、谷川ファンとしての気もちをこめて作っていた。谷川さんもまだ三十代に入ったばかりで、『落首九十九』を出し東京オリンピックの記録映画つくりに参加し、『けんはへっちゃら』で童話も書いている。少し置いてショートショート集『花の掟』も作らせてもらった。こちらとしては教師の頃からお世話になった(作品によってであります)、谷川さんにお礼の気もちと同じくらい、新しい谷川さんの本が読みたく読んでほしくて作らせてもらったもの。いつのまにやら長いおつきあいになってしまった……。

田島征三

田島さんの卒業制作、ジンク版で刷ったという『しばてん』を、わたしは持ち歩いて何人もに見てもらった。画家、デザイナー、編集者、作家……。

反応はさまざまであったが、田島征三という若い画家の異能を認めない者はいなかった。それがはたして「子どもの本」の世界で通用するものかどうか——では、意見異見相次ぎ、田島さんに子どもの本のイラストレーションを描かせようといって仕事をくれたのは、二人であった。松居直と小宮山量平。松居さんは田島さんの画才を正当に認識し評価した。小宮山さんは本能的な好き嫌いで買った。

いずれにせよ田島さんにとっては仕事が出来るわけだから、まずは、めでたい出発になった。——

そのあとの『ふるやのもり』と『ちからたろう』をジャンピングボードにして、田島征三は子どもの本の世界へ駆けこんでいった。その異才を認めたなかに長新太さんと手塚治虫さんもいた。異能は異能を知る——というべきか。お二人の口から直接聞いて嬉しかった。

画家の場合、一目見れば分るからか、作家同士の認め方よりも早い。描かれた石ころ一つ見ても分るから当然のことだろうが、田島征三の絵のように、石ころが一目でそうだとは分りにくい場合でも――だったから、嬉しかった。（やがて兄の田島征彦も子どもの本の世界に入ってくるが、こちらは型絵染めから――という〝正統派〟である。しかし描く世界のこわしかたは同じで、やはりふたごであった。）――

征三さんはこのところ木の実に凝りだしているが、木の実の山をくぐってどんな新世界へ出ていくものか。とにかく〝挑戦〟を忘れずに走り続ける画家に、こちらもずっと触発され続けている。……その余波の一つが『ひげのあるおやじたち』に始まる連作長篇で、これも田島さんに背中を押されて書き続けているところもある。田島さんの絵ヌキで、この深い闇の世界の活力を描き続けていくのはむずかしかったかもしれない。何十年も一緒に子どもの本の世界を走ってきたなかで、ゆっくりと手にすることができた〝活力〟の一つであった。

ふたりが走り続けてきた子どもの本の世界の曠野で、ときどきこちらは立ち止る。田島さんの歩き方走り方のテンポに合わせるために、ゆっくり足ぶみしている。それがまた、せっかちになりがちなこちらの書き方にも話し方にも力を溜めさせてくれている……。

このあたりでもう一度、『ちからたろう』に匹敵する絵本を一冊、一緒に作りたいものだ――と考えている。ふたりの五十年の走り方の違いを、どのような足並みで揃えて一冊に注入するか。そこからまた何かが生まれる予感があるのが有難い。

神沢利子

〝きりきりしゃんとした〟――という言葉が好きでよく使っていた時期があった。神沢さんの「ヌーチェの水おけ」という短篇を読んで（「母の友」誌に載った初めての童話）、その文体で感じたところを言葉にしたものだった。

それが同じ神沢さんのものでも、「いたずらラッコ」シリーズになると、〝のほほーんとした〟と言いたくなる。

それに、『ふらいぱんじいさん』などのおかしな台所ものがきて、『くまの子ウーフ』のとぼけた味が加わると、神沢さんの童話世界の何ヶ国語かが並ぶことになる。

以上のものを寄せ算にしたり掛け算にしたりしていくと〝神沢語〟が立ち上ってくる。

子どもの耳には当然のことながら、大人の耳にも心地良い音とリズムとテンポが、「オハナシ」を歌い出すという寸法。

こうした〝自分語〟をもっている童話作家の数はそんなに多くはない。わたしたちの時代の書き手では、些か古風かもしれないが、斎藤隆介さんは本物の方言つかいであった。

手製の方言をおもちであった。『八郎』語である。斎藤さんが八郎潟周辺から掬いあげてきた美しくつよい方言で語られている。この一冊に心搏たれたからこそ、後年わたしも自家製方言で『ぽんぽん』四部作を書けたのであった。

　神沢さんも同じ時代に伴走されるかっこうで美しい方言ものをいくつも書かれた。それが『ちびっこカムのぼうけん』以降の長篇中篇短篇に色をそえる。子どものにありがちの、おきまりの分りやすい表現や言葉づかいに背を向けたかっこうの、個性的な作風、言葉づかいに昇華されていく。

　二〇一一年に出た五冊の「神沢利子のおはなしの時間」（ポプラ社）には、そんな神沢さんのエッセンスが並んで収められた、嬉しいセレクションになっている。読み返していって作品のつよさというか、時間を超えて生きのびる力と、神沢さんのかわらない創り方に感銘を受けた。半世紀近い時間の中での仕事なのである。初期のものの中期のものと最近の作品に「差」が見られない。完成度が高いのである。わたしにはそれが「ヌーチェの水おけ」を読んだときの驚きと重なって見える。

　神沢さんが子どもの本の世界にもちこんでくれたものは、何よりもその「個性的な文体」であった。やわな語り口の従来の〝幼年童話〟にはなかった、書き手の「顔」とでも言える文章の力であった。幼年ものから長篇ものまで、何行か読めば作者の顔が思い浮かぶような珍らしい作品群を神沢さんは何十年ものあいだ書き続けてきた。国産の児童文学に新しい〝顔〟をもちこみ見せ続けてくれた――と言いかえることもできる。神沢さんの作品群を読んで励まされるかっこうで新しい書き手が何人も育っていったのである……。

倉本　聰

手許にある倉本さんのシナリオ『定本・北の国から』全一冊（理論社・二〇〇二年）は一、〇三八頁もの大冊である。けれど初めに見せてもらったのは、その書き出しといっていいものであった。シナリオが本になるだろうか——という打診をこめて受取って読ませてもらった。いや、面白かった——というよりも感動していた。

一九八一年の話である。

わたしが『おれたちのおふくろ』を出版したばかりの頃の話である。十年がかりの『ぼんぼん』三部作をおわって一息ついていた。そこへ純と蛍がとび出してきたのである。うむむむ！——といった感じでシナリオを読み終っていた。ジドーブンガクもボヤボヤシテラレマヘンデ……と唇を噛んで苦笑していた。おかしいのである。二人と黒板五郎サンとの噛み合わせがいいのである。大人と子どもの描き方について頭をコツンと殴《や》られた気がしていた。（こいつが映像《テレビ》になって声をもちよったら強いやろな……）

強い——どころか、このドラマはそのあと二十年も（！）続くことになる（結びは「北の国から'02遺言」二〇〇二年九月放映）。主題歌として、さだまさしが書いたメロディは今も耳底に残っている。放映とあわせてシナリオも続篇が次々に出版される（八一年十月～二〇〇二年八月）ものだから、しっかりと定着していった。――『定本・北の国から』は千頁を超える辞書のような一冊になった。『ぼんぼん』全一冊をしのぐ部厚さだ（しかも二段詰め）。いくら会話と説明文ばかりだ――と言っても、しっかりと書きこまれている。そいつが映像になり、声と音と動きをもつと、これはツヨい。誰の目にも見え、耳に聞こえるのだから。しかも本の出版部数＝読み手の数とは問題にならぬくらいの視聴者をもつわけだから。――

読者としてファンとして、わたしは倉本さんのシナリオを本にする後押しをしっかりしたものだから、これはもう強力な敵に塩の山を送るようなものであった。あはははは。

さて、それから十年がすぎる。

児童文学とシナリオ文学に、十年一昔はどのようにすぎていったものか。二冊の〝全一冊本〟はどのように読まれていったものか。テレビの視聴率のようなモノサシは本の世界にはないものだから、（ベストセラー、ロングセラーといっても、それをちゃんと読んでくれた人が何人かはわからない）――数の話では計れなくなる。重版を手にしては、息の長い読者層の厚味にほっとするばかりの話。

倉本さんとはもう長らくお会いしていないが、ここらで一度お会いして、そんなところもふくめて何か話してみたい気がしきりにしている。

――

上野 瞭

誰にも〝始まりの一冊〟という本がある。とにもかくにも、そこから始めたい一冊。上野さんでは『戦後児童文学論』であった。

上野さんは、その原稿を書き貯め暖めていた。戦後の、つまり自分と同時代の児童文学についての論考なのである。評価というものはむろん定まっていない。当時としては誰も手をつけていないジャンルであった。書き手も出し手《エディター》も暗中模索の世界で、それを本にすること自体が、一つの評価なのである。この一冊を読んで論じることで、次の頁《ページ》が開かれることになるわけだから、出すこと自体が一つの冒険であり評価でもあったのだ。

私たちは、その一歩を踏み出した。周辺の連中は、おっかな吃驚ながらも、鵜の目鷹の目になって、こちらのすることを眺めやっている。そんななかを、私たちは一緒に駆け出した。どこに向ってかもよく見えぬままに。

上野さんは一方では、児童文学の枠をこえる長篇小説も書き始めていた。『現代の児童文学』（中公新書）で、同時代の児童文学の見取図を示す一方で、自分の次の一歩も踏み出していた。わたしは、ようやく同時代の批評家を見る思いで、上野さんの新しい仕事と併走していた。この人に批評されるような作品を書こうと駆け出していた。『大きな魚の食べっぷり』や『牧歌』も、上野さんの評価が知りたくて懸命に書いた。わたしにとっては有難い批評家であった。上野さんの没後、自分の『子供の本　持札公開』をまとめたのも、上野さんの弔い合戦の気もちあってのことではなかったか。わたしは、上野さんが残してくれた「旗」を握って駆け出す気もちでいた……。

　上野さんは、いつのまにやら、わたしにとっての大事な〝批評家〟であり盟友になってくれていたのだ……。

　上野さん没後は、併走してくれる批評家も、新作で競い合うたのしみをもたらしてくれる書き手も少なくなっていた。その一人、川島誠という手剛い書き手は批評家ではないが、話していて、読みの鋭さと批評眼の確かさでは上野さんを髣髴《ほうふつ》させた。そしてその作品の新しさは確かな新世代の感性と思考力の裏打ちあってのこと。おまけに上野さんやわたしとちがって川島さんはスポーツ・マンなのである。『800　ツーラップ・ランナーズ』という秀作は、実感なしでは生まれまい。上野さんとの出会いから川島さんの出現まで二十四年かかっている。その川島さんの作品が文庫になるのには時間がかかった。その間が短くなったのは、それだけ子どもの本への認識度が高まったということだろうか。いま上野さんが元気な現役だったら、どんな〝愚痴〟をこぼすだろうか。それとも苦笑いすることだろうか。

鈴木 隆

編集者だった何年かがありましてェ……と、私がしたり顔で呟けるとしたら、それは鈴木さんのお蔭である。鈴木さんの書きおろし長篇『けんかえれじい』の原稿を戴いたものだから、些か大きな顔もできるか――と思えるからのこと。

鈴木さんは、わたしが生まれて初めて会った〝生きている童話作家〟であった。一九一九年生まれだから当時はまだ三十七歳の、眼光炯炯たる壮年の頃で、当時の私が描いていた「童話作家」のイメージとはかけ離れていて、一瞥、人を射すくめるような眼の光の持ち主であった。

当時私は名古屋の中学校の英語教師をしており、福音館の松居直さんに言われて童話なるものを書き始めたばかり。そう申し上げると鈴木さんは「ならば読ませてほしいな」と言われ、「トトンギツネ」掲載の「母の友」誌を送ると、折返し「大傑作なり、隆」の印鑑《はんこ》が押されて返送されてきた。初めて会った私の作品を読み、「そう思い、それを伝えたかったから印鑑を作って押したのよ」と電話口で仰言った。「こんなやつを三つ書けば賢治になれます」と添書きがあった。

そのときこのかた私は、あと二つ印鑑をついていただきたくて闇雲に童話を書き、掲載誌を鈴木さんに送った。(二つめは、十年もたってからの「フクロウ」に、であった。）
鈴木さんが『けんかえれじい』なる大作を書き始められたのは一九五八年のことで、八年がかりで千四百枚を書きおろされた。当時こちらは東京の理論社の嘱託として、児童文学の書きおろしの依頼に走り回っていたが、鈴木さんの「脱稿」の電話に名古屋まで走った。

タイプに打ち直された一四〇〇枚の原稿を頂戴し、帰りの車中で読みおえて、「傑作です！」と電話した。「ほうかいのう、有難う！」

そしてそれは同じ軍隊体験者たる小宮山量平さんの手で二冊本として刊行された。再読して改めて主人公南部麒六の魅力に心奪われた。その青春文学の秀作は版元をかえながら版を重ね、岩波現代文庫二巻本として落着いた。同文庫に収められた『人間の條件』『忍びの者』とならんで、その納《おさ》まり場所に落着いたというべきだろう。喧嘩修行一代記の体裁をとっていようと、これは『坊ちゃん』とならぶ、この国に数少ないユーモア文学の白眉として残っていくことだろう。鈴木さんは本作を書き終えたあと、一拍置いて〝恋愛小説〟に取りかかりながら、その途次で亡くなられた。本作と〝対《つい》〟になっただろうに勿体ないことであった。

鈴木さん亡きあと、このような硬派のユーモア文学は絶えてない。児童文学を〝根《ルーツ》〟にして初めて生み出しえた一作ではなかったか。

＊翻訳こぼればなし

ガブリエル・バンサン

もの言いたげな目の犬が振向いている――絵が表紙の『アンジュール』は、一目見たら誰もが手に取ってしまう一冊。全ページがモノクロームの、一見地味な絵本だが、一読、忘れ難い。――バンサンとの出会いの一冊。――東京のクレヨンハウスでのこと。

それからしばらくして、ある日、家の前に、BL出版の三人が立つことになる。講演で喋りまくったのを聴いた人たちの愛読者カードが、たくさん届きだしたかららしい。

『老夫婦』は、新刊としてパリの本屋に平積みにされたばかりのを求め、ホテルに戻って一読し感銘を受けた。訳す機会が訪れたのは、少しばかりあとのことで、自分が主人公の年に近づいてから――というのも有難かった。実感をこめて訳すことができたものだから。

もっとも、バンサンの絵本を初めて訳したのは『天国はおおさわぎ』で、一九九六年のこと（BL出版）。五年後に『テディ・ベアのおいしゃさん』、続いて、パリ土産にした『老夫婦』も訳すことになる。御縁というものか。

↑『アンジュール』
ガブリエル・バンサン／作　BL出版　1986年
←右『老夫婦』　ジャック・ブレル／詞
ガブリエル・バンサン／絵　BL出版　1996年
←左『ナビル』　ガブリエル・バンサン／作
BL出版　2000年

そのあとも、『パプーリとフェデリコ』三部作——という大作につづいて、思いもかけず『ナビル』と『ヴァイオリニスト』という、バンサン最後の仕事になった大冊まで訳すことになったのは嬉しかった。

バンサン最晩年の仕事の〝収穫役《とりいれ》〟になることができたのだから、ていねいに取組んだ。めぐり合わせ——ということを思いながら心こめて訳していた。

くまのアーネストのシリーズで絵本の仕事に入ったバンサンが、年齢《とし》と共に絵本世界をひろげ深めていったのにつきあえて、絵本とは何か——を考え直すことでも、立ち止ることができたのが有難かった。

絵本作家は、子どもから分る絵の本——というところから出発して、自分の絵の世界に走りこむ。あとは、めいめいのやり方で子どもと大人との間《あき》というかスキマを埋めていって——自分の絵の世界で子どもの本の新しい表現を手に入れる。バンサンのように晩年の仕事で大きくひろがった描き手は少ない。——それだけに、早い「旅立ち」が惜しまれる。

飯田市にて。右、山村光司氏。左、新村徹氏。

名古屋市立桜丘中学で
教鞭をとって２年目。

結婚披露パーティーにて手塚治虫氏と。

鶴見俊輔氏と。

1989年、パリにて。

1994年、
灰谷健次郎氏と。

阪田寛夫氏と「飛ぶ教室」で
編集委員をつとめた。

和田誠氏と。

1996年、神沢利子氏の路傍の石文学賞受賞パーティーにて。
左から刈谷政則氏、著者、長新太氏、神沢利子氏。

1997年、山下明生氏と
行きつけの魚屋の前で。

中央、水口健氏。
福音館書店時代からの
おつきあい。

1996年、神沢利子氏の
エクソンモービル児童文化賞授賞式にて。

ボローニャ国際絵本原画展会場前で。

2002年、ボローニャ・
モランディ美術館にて。

1997年、四日市ときわ文化センターにて、
左から上野瞭氏、灰谷健次郎氏。

長野県伊那市にて
宮崎学氏と。

南仏のホテル、
ラ・コロンブ・ドールにて。

中央、大田大八氏をかこんで。

2005年名古屋にて、講演会
「絵本作家ガブリエル・バンサンをごぞんじですか」。

2004年東京にて、
左上から時計回りに
石井睦美氏、
著者、
栄里子夫人、
杉浦範茂氏、
柴田こずえ氏、
ささめやゆき氏、
安藤由希氏、
BL出版社長。

「ちゅうでん児童文学賞」の
選考委員をつとめる長田弘氏と。

2005年、
メリーゴーランド
LECTUREで
宇野亜喜良氏と。

2002年小学館児童出版文化賞授賞式にて。
左からあべ弘士氏、著者、杉浦範茂氏。

あとがき

もしもあのとき松居直さんと出会っていなければ——小宮山量平さんや山村光司さんと出会っていなければ——長新太さんや宇野亜喜良さんと出会っていなければ……といったいくつもの「もしも」に背中を押し続けてもらって、気がつくと半世紀ばかりの時間がすぎていた。

二冊の岩波少年文庫、ファージョンの『ムギと王さま』やケストナーの『エミールと探偵たち』と出会っていなければ……といった、もう一つの「もしも」にも背中を押してもらって、わたしは子どもの本の世界に入っていった。

もしもあのとき東京で本を買いすぎて帰りの汽車賃がなくなってしまい、松居さんに借金にいかなければ、そして松居さんに「カタがなければ貸せませんよ」と笑いながら言われ、「カタになるもンなんか……」と言いかけて松居さんにまた「童話を書いてみたら？　面白かったら買いますよ」と言われなかったら、そして何とか買ってもらえるような童話を書こうとペンを握らなかったら——と思うと、人生の曲り角ってどこにあるか分らへンもンやなあ……と思う。

そのときに書いた「トトンぎつね」がすべての始まりになった。それが松居さんによって「母の友」誌に掲載され、初山滋さんの絵がつけられているのを見たとき、わたしは、（こんな世界《こと》もありなのか……）と思った。初山さんは、子どもの頃お名前も知らずに、その絵だけで覚えていた大好きな画家《えかきさん》、なのである。

学生時代、松居さんちで借りた立原道造の詩集に惹かれたり、一度に貸してもらった岩波文庫の『ジャン・クリストフ』にのめりこんだり、も――昨日のことのようによみがえってくる。この、一見タイプの違う文学に惹かれて、わたしはこの世界にもぐりこんだ。松居さんは、続けて童話を書くように言って下さった。そしていきなり新聞に長篇童話をという夢のような話が舞いこみ、松居さんに相談した。「書きなさいよ。きみなら書けますよ」と言われ、魔法にかけられたみたいに書き始めたのが初めての長篇童話『山のむこうは青い海だった』で、長新太さんが挿絵を引受けて下さった。わたしは毎日エイエイオウ！　と自分に掛声をかけるようにして、その仕事と取組んだ。――

さて、本書は、そんなラッキーな出発で書き始めたジドーブンガクの世界と、わたしがどんなふうにつきあい続け書き続けてきたかの往き来のほどを、思いおこして書いたもので――何人もの仲間や編集者にも一文を寄せていただいた。

子どもの本の海で泳いで、ずいぶんすっきりしたこともあったし、溺れそうになったこともあったが、とにかく愉しかった……。本書に一文を寄せて下さったみなさんのお陰で、本書が少しでも独りよがりから足を踏み出せていますように。

装画の宇野亜喜良さん、デザインの白井敬尚さん、編集を担当して下さったBL出版の落合直也さんと辻美千代さん、ありがとうございました。

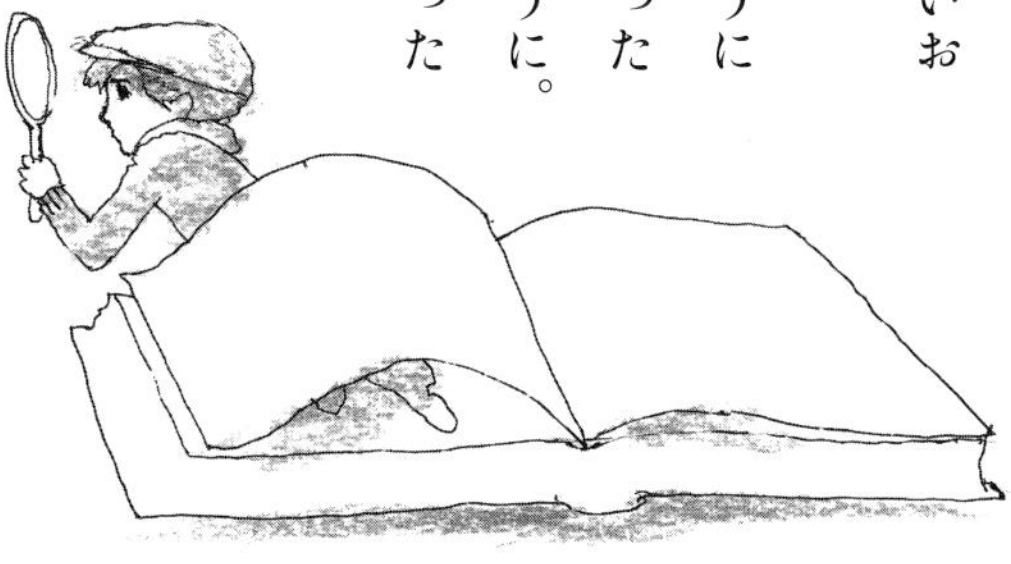

今江祥智著作リスト

タイトルの下につけられた記号の分類は次のとおり
★童話　☆童話集　●短編集　○長編　◎小説
♠絵本　◇評論集　♣エッセイ集　□評伝　＊編集

1960

・『山のむこうは青い海だった』○
長新太／絵　理論社

1961

・『3びきのライオンのこ』♠
長新太／絵　福音館書店

・『ぽけっとにいっぱい』☆
長新太・初山滋／絵　理論社

1962

・『きえたとのさま』★
センバ太郎／絵　小峰書店

・『ぼくはライオン』○
長新太／絵　理論社

1963

・『ちょうちょむすび』♠
和田誠／絵　私家版

1964

・『アムンゼン』□
武部本一郎／絵　三十書房

・『わらいねこ』☆
和田誠／絵　理論社

1965

・『えすがたにょうぼう』♠
赤羽末吉／絵　盛光社

・『かぜにふかれて』☆
長新太／絵　さ・え・ら書房

・『たくさんのお月さま』☆
〈J・サーバー／作〉　学習研究社

・『童話集ちょうちょむすび』☆
長新太ほか／絵　実業之日本社

1966

・『あのこ』♠
宇野亜喜良／絵　理論社

・『海の日曜日』○
宇野亜喜良／絵　実業之日本社

・『海賊の歌がきこえる』○
長新太／絵　理論社

・『かくれんぼ物語』☆
長新太／絵　理論社

・『ふたり大名』●
赤羽末吉／絵　小峰書店

・『夕焼けの国』●
宇野亜喜良／絵　実業之日本社

1967

・『かがみのむこうの国』☆
長新太／絵　盛光社

・『黒い馬車』●
後藤一之／絵　盛光社

・『ちからたろう』♠
田島征三／絵　ポプラ社

・『なんだったかな』♠
長新太／絵　世界出版社

・『ふるやのもり』♠
松山文雄／絵　ポプラ社

1968

・『ひとつ　ふたつ　みっつ』♠
長新太／絵　世界出版社

・『新編・ぽけっとにいっぱい』☆
長新太／絵　理論社

1969

・『あいつ　と　ぼくら』★
小林弥生／絵　あかね書房

・『いってしまったこ』★
鈴木義治／絵　実業之日本社

・『おじさんによろしく』★
片山健／絵　ポプラ社

・『さよなら子どもの時間』○
宇野亜喜良／絵　あかね書房

・『すてきな三にんぐみ』♠
〈T・アンゲラー／作〉　偕成社

・『星をかぞえよう』○
長新太／絵　理論社

・『麦わら帽子は海の色』○
長新太／絵　理論社

・『よる、わたしのおともだち』♠
長新太／絵　世界出版社

1970

・「ごきげんなライオン・シリーズ
（3冊）」♠
〈デュボアザン夫妻／作〉　好学社
・『いろはにほへと』♠
田島征三／絵　ポプラ社
・『大人の時間子どもの時間』◇
宇野亜喜良／装　理論社
・『きみとぼく』★
長新太／絵　福音館書店
・『小さな青い馬』♠
宇野亜喜良／絵　ポプラ社
・『ひげのあるおやじたち』○
田島征三／絵　福音館書店

1971

・『海いろの部屋』☆
宇野亜喜良／絵　理論社
・『海のおくりもの』★
宇野亜喜良／絵　講談社
・『からすのふゆ』♠
大浦ますみ／絵　千趣会
・『ごまめのうた』★
長新太／絵　理論社
・『ぽけっとのお祭り』☆
長新太／絵　理論社

1972

・『鬼』♠　瀬川康男／絵
あかね書房
・『子どもの国からの挨拶』◇
宇野亜喜良／装　晶文社
・『てんぐちゃん』♠
宇野亜喜良／絵　偕成社
・『殿様によろしく』○
村上豊／絵　偕成社
・『にほんかもしか』♠
宮崎学／写真　千趣会
・『へんですねぇ、へんですねぇ』♠
長新太／絵
ベトナムの子供を支援する会

1973

・『きえたとのさま（新版）』★
梶山俊夫／絵　小峰書店
・『フルートと子ねこちゃん』○
長新太／絵　あかね書房
・『ぽんぽん』○
長新太／絵　理論社
・『山のむこうは青い海だった』○
長新太／絵　角川文庫

1974

・『神さまによろしく』♠
長新太／絵　千趣会
・『ぱるちざん』●
田島征三／絵　大和書房
・『ヒナギクをたべないで』♠
宇野亜喜良／絵　偕成社
・『水と光とそしてわたし』○
長新太／絵　岩波書店
・『わらいうさぎ』☆
長新太／絵　岩崎書店

1975

・『海の日曜日』○
宇野亜喜良／絵　角川文庫
・『絵本の時間　絵本の部屋』◇
上野紀子／装　すばる書房
・『エミールくんがんばる』♠
〈T・ウンゲラー／作〉
文化出版局
・『そよ風とわたし』♠
上野紀子／絵　ポプラ社
・『タンポポざむらい』★
長新太／絵　ポプラ社
・『人間なんて知らないよ』○
長新太／絵　筑摩書房
・『はげたかオルランドはとぶ』♠
〈T・ウンゲラー／作〉
文化出版局

1976

・『朝日のようにさわやかに』☆
灘本唯人／絵　サンリオ
・『兄貴』○　長新太／絵　理論社
・『あめだまをたべたライオン』♠
和田誠／絵　フレーベル館
・『海へびサイラスくんがんばる』♠
〈B・ピート／作〉　ほるぷ出版
・『しばてんおりょう』★
田島征彦／絵　あかね書房
・『そこがちょっとちがうんだ』♠
杉浦範茂／絵　文研出版
・『たくさんのお月さま（新版）』♠
〈J・サーバー／作〉　サンリオ
・『ふたりのつむぎ唄』☆
長新太／絵　理論社

1977

・『おいしいはな』♠
渡辺洋二／絵　チャイルド本社
・『風にふかれて』♠
長新太／絵　あかね書房
・『くらくらしちゃった』♠
宇野亜喜良／絵　旺文社
・『ねこふんじゃった』★
杉浦範茂／絵　偕成社
・『ひとは遠くからやってくる』☆
長新太／絵　角川文庫

•『優しさごっこ』○
長新太／絵　理論社

1978

•『愛に―七つの物語』☆
宇野亜喜良ほか／絵
編集工房ノア
•『あたたかなパンのにおい』♠
宇野亜喜良／絵　偕成社
•「ごきげんなライオン・シリーズ
（全8冊）」♠
〈デュボアザン夫妻／作
遠藤育枝／共訳〉佑学社
•『きみとぼくとそしてあいつ』☆
和田誠ほか／絵　大日本図書
•『さよなら子どもの時間』○
宇野亜喜良／絵　講談社文庫
•『たくさんのお母さん』○
長谷川集平／絵　あかね書房
•『てんとうむし』♠
木原和人／写真　世界文化社
•『夢みる理由』◇
平野甲賀／装　晶文社
•『パパはころしや』★
和田誠／絵　理論社

1979

•『クリスマスにはやっぱり
サンタ』♠〈B・ピート／作〉
ほるぷ出版
•『だからだれもいなくなった』♠
〈D・マッキー／作〉ほるぷ出版
•『なみにゆられて』♠
長新太／絵　金の星社
•『やっぱり友だち』●
長新太／絵　筑摩書房
•『山のむこうは青い海だった』○
長新太／絵　フォア文庫
•『夕焼けの国』●
宇野亜喜良／絵　講談社文庫

1980

•「今江祥智の本（全22巻）」☆
平野甲賀／装　理論社
•『しあわせな王子』★
〈O・ワイルド／作〉集英社
•『ぼくはワニのクロッカス』♠
〈R・デュボアザン／作
島式子／共訳〉佑学社
•『ぼちぼちいこか』♠
〈セイラー＆グロスマン／作〉
偕成社
•『優しさごっこ・文芸書版』○
長新太／装　理論社
•『よるのいちばんふかいとき』♠
井上章子／絵　童心社
•『ワニのクロッカスおおよわり』♠
〈R・デュボアザン／作
島式子／共訳〉佑学社

1981

•『おれたちのおふくろ』○
長新太／絵　理論社
•『冬の光』○　長新太／絵　理論社
•『ゆきむすめ』♠
赤羽末吉／絵　偕成社
•『夢いろの曲り角で』♣
井出情児／写真　童心社

1982

•『海の日曜日』○
宇野亜喜良／絵　講談社文庫
•『ガブリエリザちゃん』♠
〈H・A・レイ／作〉文化出版局
•『じゃがいもかあさん』♠
〈A・ローベル／作〉偕成社
•『写楽暗殺』○
杉浦範茂／意匠　理論社
•『写楽暗殺（特装本）』○
自装　理論社
•『すべるぞすべるぞどこまでも』♠
〈スミス夫妻／作〉ほるぷ出版

1983

•『兄貴・文芸書版』○
宇野亜喜良／装　理論社
•『おれたちのおふくろ・
文芸書版』○
宇野亜喜良／装　理論社
•『ぼんぼん・文芸書版』○
宇野亜喜良／装　理論社
•『おれは神さま』★
長新太／絵　偕成社
•『家族の歌』♠
〈アーリック＆パーカー／作〉
偕成社
•『プー横丁だより』◇
宇野亜喜良／装　青土社
•『ぼくの宝島』♣
宇野亜喜良／装　青土社
•『優しいまなざし』★
宇野亜喜良／絵　理論社
•『ワンデイ イン ニューヨーク』◎
〈W・サローヤン／作〉
ブロンズ新社

1984

•『絵本の新世界』◇
宇野亜喜良／装　大和書房
•『2杯目のスープ』☆
宇野亜喜良／絵　国土社

•『縞しまのチョッキ』●
宇野亜喜良／絵　青土社
•『とだなのなかのこぶたくん』♠
〈バックレイ&ハワード／作〉
佑学社
•『兄ちゃんのいた夏』★
長新太／絵　理論社
•『ほのおの夜』★
長新太／絵　理論社
•『ぽけっとにいっぱい』☆
長新太／絵　フォア文庫

1985
•『紙のお月さま』★
長新太／絵　理論社
•『私索引』♣
杉浦範茂／装　私家版
•『牧歌』○　長新太／絵　理論社
•『もぐるぞもぐるぞどこまでも』♠
〈スミス夫妻／作〉　ほるぷ出版

1986
•「今江祥智童話館（全17巻）」☆
杉浦範茂／装　理論社
•『海賊の歌がきこえる』○
長新太／絵　フォア文庫
•『牧歌・文芸書版』○
宇野亜喜良／装　理論社

1987
•『おしいれおばけ』♠
〈M・メイヤー／作〉　偕成社
•『ぼんぼん』○
ペーター佐藤／装　新潮文庫
•『〔童話〕術・物語が
できるまで』♣
平野甲賀／装　晶文社
•『優しさごっこ』○
宇野亜喜良／装　新潮文庫
•『明るい表通りで』○
長新太／絵　理論社

1988
•『五つの銅貨』☆
初山滋／絵　私家版
•『大きな魚の食べっぷり』◎
杉浦範茂／装　新潮社
•『ズボンじるしのクマ』★
長新太／絵　理論社
•『冬の光』○
宇野亜喜良／装　新潮文庫
•『ぷわぷわ亭空を飛ぶ』○
〈W・ホール／作〉　原生林
•『ほんとだってば！』♠
〈M・メイヤー／作〉　偕成社
•『ワンデイ イン ニューヨーク』◎
〈W・サローヤン／作〉　新潮文庫

1989
•「今江祥智の本・第二期
（全14巻＋別巻1）」
平野甲賀／装　理論社
•『兄貴』○
宇野亜喜良／装　新潮文庫
•『おにごっこだいすき』☆
長新太／絵　岩崎書店
•『カウンセリング熊』◎
〈A・アーキン／作
遠藤育枝／共訳〉　原生林
•『どうするどうするねずみくん』♠
〈ウッド夫妻／作〉　BL出版
•『たくさんのお月さま（新版）』♠
〈サーバー&宇野亜喜良／作〉
BL出版
•『ぼくはライオン』○
長新太／絵　フォア文庫
•『物語100』☆
宇野亜喜良／絵・装　理論社
•『モンスター・ベッド』♠
〈ウィリス&バーレイ／作〉
ほるぷ出版
•『やねうらおばけ』♠
〈M・メイヤー／作〉　偕成社
•『リンゴの木の下で』★
長新太／絵　理論社
•『レミング物語』★
〈A・アーキン／作
遠藤育枝／共訳〉　原生林

1990
•『すてきな三にんぐみ
（ミニ版）』♠
〈T・アンゲラー／作〉　偕成社
•『だぶだぶうわぎの男の子』♠
〈ウィリス&バーレイ／作〉
ほるぷ出版
•『天国はおおさわぎ』♠
〈G・バンサン／作〉　BL出版
•『パッチワークだいすきねこ』♠
〈メイン&ベイリー／作
遠藤育枝／共訳〉　BL出版
•『薔薇猫ちゃん』◎
宇野亜喜良／絵　原生林
•『私の彼氏』◎
宇野亜喜良／装　新潮社

1991
•『きょうも猫日和』●
宇野亜喜良／絵　マガジンハウス
•『くまとうさん』♠
村上康成／絵　ひくまの出版
•『雲を笑いとばして』○
宇野亜喜良／絵　理論社
•『さよなら、ピーターパン』◇
宇野亜喜良／装　福武文庫
•『ネズミあなのネコの物語』♠
〈バーバ&ベイリー／作
遠藤育枝／共訳〉　BL出版

・『へっちゃらへっちゃら』♠
〈J・サブロー／作〉
BL出版

1992

・『スター・ウォーズ』☆
長新太／絵　杉浦範茂／装
私家版

・『ディック・ブルーナの世界
パラダイス・イン・
ピクトグラムズ』□
〈E・ライツマ／著〉　駸々堂出版

・『ピース』♠
〈ドゥレル＆サックス／編
島式子＆遠藤育枝／共訳〉
ほるぷ出版

・『スノー・クイーン』♠
〈アンデルセン＆
エイドリゲビシウス／作〉
西村書店

・『ころころころパン』♠
〈ジェイコブス＆
デューギン夫妻／作〉　BL出版

・『ぼくらの時代のモンタン』□
（非売品）　天文書院

・『だれにだってゆめはある』♠
〈B・ブレスエット／作
遠藤育枝／共訳〉　BL出版

1993

・『あさごはんひるごはん
ばんごはん』★
長新太／絵　福武書店

・『クマちゃんにあいたくて』♠
黒井健／絵　クレヨンハウス

・『食べるぞ食べるぞ』◎
長新太／絵　マガジンハウス

・『クマがふしぎに
おもってたこと』♠
〈W・エァルブルッフ／作
上野陽子／共訳〉　BL出版

・『たそがれはだれがつくるの』♠
〈B・バーガー／作〉　偕成社

・『ぼちぼちいこか（ミニ版）』♠
〈セイラー＆グロスマン／作〉
偕成社

1994

・『マイ・ディア・シンサク』◎
長新太／画　杉浦範茂／装
新潮社

・『ともだち、なんだもん！』♠
〈J・キャノン／作
遠藤育枝／共訳〉　BL出版

・『そらまめうでてさてそこで』★
長新太／絵　文溪堂

1995

・『テディ・ベアのおいしゃさん』♠
〈G・バンサン／作〉　BL出版

・『パパはころしや』★
和田誠／絵　フォア文庫

・『ぽんぽん・全一冊』○
平野甲賀／装　理論社

・『でんでんだいこいのち』♠
片山健／絵　童心社

・『クマのプーさん・
スケッチブック』□
〈シブリー／編　遠藤育枝／共訳〉
BL出版

・『猫の足あと』★
長新太／絵　小学館

・『しもやけぐま』★
あべ弘士／絵　草土文化

1996

・『老夫婦』♠
〈ブレル＆バンサン／作〉
BL出版

・『幸福の擁護』◇
装画／マティス　みすず書房

・『パプーリとフェデリコ
（全3冊）』♠　〈G・バンサン／作
中井珠子／共訳〉　BL出版

・『日なたぼっこねこ』★
荒井良二／絵　理論社

・『ぼくらはゆめのたんけんたい』♠
〈B・バブレスエット／作
遠藤育枝／共訳〉　BL出版

・『ヴィクターとクリスタベル』♠
〈P・マザーズ／作
遠藤育枝／共訳〉　童話館出版

・『まんじゅうざむらい』★
伊藤秀男／絵　解放出版社

1997

・『夢色の大通りで』●
宇野亜喜良／絵　理論社

・『ゆめは夜空のかなたまで』♠
〈B・ブレスエット／作
遠藤育枝／共訳〉　BL出版

・『いったいぜんたい
どうなってたことか』♠
〈K・レイニイ／作〉　BL出版

・『モンタンの微苦笑』□
宇野亜喜良／画・装　私家版

1998

・『ぼくだけのきょうりゅう』♠
太田大八／絵　ベネッセ

・『夜をつけよう』♠
〈ブラッドベリ＆
ディロン夫妻／作〉　BL出版

•『宝島へのパスポート』◇
山下明生・上野瞭／共著
解放出版社
•『帽子の運命』◎
宇野亜喜良／絵・装　原生林
•『ヘビのヴェルディくん』♠
〈J・キャノン／作
遠藤育枝／共訳〉　BL出版
•『はじまりはじまり―
絵本劇場へどうぞ』♣
西岡勉／装　淡交社
•『海の日曜日（新版）』○
宇野亜喜良／絵・装
編集工房ノア
•『あそぼうよったら
おやゆびさん』♠
〈マーク＆ベイリー／作
遠藤育枝／共訳〉　BL出版

1999

•『15ひきのおしかけねこ』♠
〈G・バンサン／作〉　BL出版
•『ぼくのお気にいり』♠
〈P・マザーズ／作
遠藤育枝／共訳〉　BL出版
•『なにもかもタオルのおかげ』♠
〈P・マザーズ／作
遠藤育枝／共訳〉　BL出版
•『ワンデイ イン ニューヨーク』◎
〈W・サローヤン／作〉
ちくま文庫
•『パンドラ』♠
〈メイン＆ブレッヒ／作
遠藤育枝／共訳〉　BL出版

2000

•『ちょうちょむすび』♠
和田誠／絵　BL出版
•『ナビル』♠
〈G・バンサン／作〉　BL出版
•『今江祥智コレクション』●
宇野亜喜良／装　原生林
•『マイ・ディア・シンサク
（新版）』◎　濱崎実幸／装　澪標

2001

•『ヴァイオリニスト』♠
〈G・バンサン／作〉　BL出版
•『9番地のチャールズの
おはなし』♠　〈ハセット夫妻／作
遠藤育枝／共訳〉　BL出版
•『ねこがいっぴきおりました…』♠
〈ハセット夫妻／作
遠藤育枝／共訳〉　BL出版
•『すてきな三にんぐみ
（ワイド版）』♠
〈T・アンゲラー／作〉　偕成社
•『絵本のあたたかな森』♣
小柳直子／装　淡交社
•『マックス・シリーズ
（全6冊）』♠　〈ナジャ／作〉
BL出版
•『袂のなかで』◎
長新太／画　平野甲賀／装
マガジンハウス
•『光のように鳥のように…』♠
〈B・L・トール／作〉　BL出版
•『森のかいぶつドギモヌキ』♠
〈G・ハレンスレーベン／作〉
ブロンズ新社
•『ハービーのおかしな
ケーキうた』♠
〈P・マザーズ／作
遠藤育枝／共訳〉　BL出版
•『ぼくのメリー・ゴー・
ラウンド』☆
宇野亜喜良／絵・装　私家版

2002

•『私の寄港地』♣
宇野亜喜良／画・装　原生林
•『兎あにいおてがら話』♠
〈ジャクイス＆ヤング／作
遠藤育枝／共訳〉　BL出版
•『なんだったかな』♠
長新太／絵　BL出版
•『ぼくのスミレちゃん』♠
宇野亜喜良／絵　旬報社
•『フリックス』♠
〈T・ウンゲラー／作〉　BL出版
•『ゆきねこちゃん』★
宇野亜喜良／絵　教育画劇
•『ひとつ ふたつ みっつ』♠
長新太／絵　BL出版
•『風車小屋ねこカッチェ』♠
〈ウェルフレ＆ベイリー／作
遠藤育枝／共訳〉　BL出版
•『ハービーのないしょのサンタ』♠
〈P・マザーズ／作
遠藤育枝／共訳〉　BL出版
•『目をつむるのよ、ぼうや』♠
〈バンクス＆
ハレンスレーベン／作〉
ブロンズ新社

２００３
- 『てんぐちゃん』♠
宇野亜喜良／絵　偕成社
- 『パリの青い鳥』♠
〈ウィルマン＆ルブロン／作〉
BL出版
- 『よる、わたしのおともだち』♠
長新太／絵　BL出版
- 『ドドさん結婚おめでとう』♠
〈P・マザーズ／作
遠藤育枝／共訳〉　BL出版
- 『ヒュンヒュンビュンビュン
ビュワンビュワン』♠
〈ハセット夫妻／作
遠藤育枝／共訳〉　BL出版
- 『なんででんねん天満はん』♠
長新太／絵　童心社
- 『子供の本　持札公開・a』◇
宇野亜喜良／装　みすず書房
- 『子供の本　持札公開・b』●
宇野亜喜良／画・装　みすず書房
- 『山のむこうは青い海だった
（新版）』○　長新太／絵　理論社
- 『くまさんとことりちゃん』★
〈デュボサルスキー＆
ブルックス／作〉　BL出版
- 『くまさんとことりちゃん、
また』★
〈デュボサルスキー＆
ブルックス／作〉　BL出版
- 『ねずみくん、どうするどうする
クリスマス』♠
〈ウッド夫妻／作〉　BL出版
- 『すみやきぐま』♠
井上洋介／絵　ベネッセ

２００４
- 『龍』♠　田島征三／絵　BL出版
- 『はなうたうさぎさん』♠
〈E・ローマン／作〉　BL出版
- 『わらいうさぎ』☆
和田誠／絵　理論社
- 『いろはにほへと』♠
長谷川義史／絵　BL出版
- 『ちからたろう（ワイド版）』♠
田島征三／絵　ポプラ社
- 『わたしのくまさんに』♠
〈ハシュレイ＆ラマルシェ／作〉
BL出版
- 『おれはオニだぞ』☆
和田誠／絵　理論社
- 『サティさんはかわりもの』♠
〈アンダーソン＆マザーズ／作
遠藤育枝／共訳〉　BL出版
- 『せんべいざむらい』★
宇野亜喜良／絵　佼成出版社
- 『ぽけっとの海』☆
和田誠／絵　理論社
- 『魚だって恋をする』○
長新太／絵　BL出版
- 『絵本作家ガブリエル・
バンサン』＊　BL出版

２００５
- 『白ぶたピイ』☆
和田誠／絵　理論社
- 『UFOすくい』☆
和田誠／絵　理論社
- 『おるすばんごっこ』♠
〈K・G・ヘンゼル／作〉
BL出版
- 『モルフ君のおかしな恋の物語』♠
〈C・クヌー／作〉　BL出版
- 『オリーヴの小道で』♠
宇野亜喜良／絵　BL出版
- 『夜になると』♠　〈グッドマン＆
ハレンスレーベン／作〉
BL出版
- 『ぽけっとくらべ』♠
和田誠／絵　文研出版

２００６
- 『小天使ブリュッセルをゆく…』♠
〈G・バンサン／作〉　BL出版
- 『風にふかれて』★
長新太／絵　BL出版
- 『薔薇をさがして』♠
宇野亜喜良／絵　BL出版
- 『いつだって長さんがいて……』♠
長新太／絵　BL出版

２００７
- 『ねこくん、わが家をめざす』♠
〈バンクス＆
ハレンスレーベン／作〉
BL出版
- 『こぎつねはたびだつ』♠
〈バンクス＆
ハレンスレーベン／作〉
ブロンズ新社
- 『きみとぼく』★
長新太／絵　BL出版
- 『サンタクロースが
二月にやってきた』♠
あべ弘士／絵　文研出版

2008
・『ひげがあろうが　なかろうが』○
田島征三／絵　解放出版社
・『あめだまをたべたライオン』♠
和田誠／絵　フレーベル館
・『青い大きな家』♠
〈バンクス&
ハレンスレーベン／作〉
BL出版
・『お勘定!』◎
宇野亜喜良／絵　私家版
・『長新太が好き。』＊
PHP研究所
・『なんてったっておれさまが
いちばんでかいかな』♠
〈K・シェリー／作〉　BL出版
・『クリスマスにはおひげが
いっぱい!?』♠
〈R・デュボアザン／作〉
BL出版

2009
・『ふっくらクマさん』♠
〈M・インクペン／作〉
ブロンズ新社
・『栄光への大飛行』♠
〈プロヴェンセン夫妻／作〉
BL出版
・『桜桃のみのるころ』○
宇野亜喜良／絵　BL出版
・『ヒコーキざむらい』♠
長谷川義史／絵　フェリシモ出版
・『しっぽがふたつ』♠
〈デュボアザン夫妻／作〉
BL出版
・『アフリカでびっくり』♠
〈デュボアザン夫妻／作〉
BL出版

2010
・『きりの村』♠
宇野亜喜良／絵　フェリシモ出版
・『おにごっこだいすき』♠
村上康成／絵　文研出版
・『ぼくはライオン（復刻）』○
長新太／絵　理論社
・『トトンぎつね』♠
植田真／絵　フェリシモ出版
・『四角いクラゲの子』♠
石井聖岳／絵　文研出版
・『熊ちゃん』♠
あべ弘士／絵　フェリシモ出版
・『くいしんぼう』♠
高畠純／絵　文研出版
・『ねこじたなのにお茶がすき』♠
ささめやゆき／絵　淡交社
・『ともだちさがしに』♠
〈デュボアザン夫妻／作
遠藤育枝／共訳〉　BL出版
・『白ぶたピイ』♠
国松エリカ／絵　フェリシモ出版
・『さくらんぼ』♠
宇野亜喜良／絵　フェリシモ出版
・『アヒルだってば!
ウサギでしょ!』♠
〈ローゼンタール&
リヒテンヘルド／作〉
サンマーク出版
・『あおいくも』♠
〈T・ウンゲラー／作〉
ブロンズ新社
・『ぼんぼん』○
宇野亜喜良／絵　岩波少年文庫
・『たのしい空のたび』♠
〈デュボアザン夫妻／作
遠藤育枝／共訳〉　BL出版
・『クリスマスに
やってくるのは?』♠
〈バンクス&
ハレンスレーベン／作〉
BL出版
・『ともだちはくまくん』♠
〈デュボアザン夫妻／作
遠藤育枝／共訳〉　BL出版

2011
・『コウモリのルーファスくん』♠
〈T・ウンゲラー／作〉　BL出版
・『戦争童話集』☆
宇野亜喜良／装　小学館文庫

2012
・『それはまだヒミツ』＊　新潮社文庫
・『ぼんぼん（新版）』○
宇野亜喜良／装　理論社
・『優しさごっこ（新版）』○
宇野亜喜良／装　理論社
・『すてきなたからもの』♠
〈デュボアザン夫妻／作
遠藤育枝／共訳〉　BL出版

2013
・『おくさん　にんきものになる』♠
〈デュボアザン夫妻／作
遠藤育枝／共訳〉　BL出版

今江祥智　略年譜

1932（昭和7）年　1月、大阪市に生まれる。

1938（昭和13）年　4月、渥美小学校に入学。

1941（昭和16）年　6月、父が死去（享年51歳）。12月、太平洋戦争始まる。

1944（昭和19）年　旧制今宮中学に入学。

1945（昭和20）年　3月、大阪大空襲で焼け出され、母の故郷和歌山の橋本に移住。

1948（昭和23）年　学制改革により新制今宮高校二年に編入。
大阪（今里）に帰る。
生まれて初めて原稿が活字になる。（「松葉上人」学校新聞）

1950（昭和25）年　同志社大学文学部英文科に入学。
ロマン・ロラン研究会をつくり、新村猛先生、松居直を識る。

1953（昭和28）年　「同志社文学」に短篇小説「夜と人と」「夢の中では瞳は空色になる」を発表、田宮虎彦氏に認められる。

1954（昭和29）年
同志社大学を卒業後、名古屋の桜丘中学校の教師になる。英語担当。
図書係として、子どもの本と出会う。
私家版詩集「四季」刊。

1957（昭和32）年
「近代批評」同人になり、
立原道造論・ケストナー論を書く。
初めての童話「トトンぎつね」を書く（「母の友」に掲載）。

1958（昭和33）年
「母の友」に「ぽけっとくらべ」「3びきのライオンのこ」など発表、
長新太、鈴木隆、谷川俊太郎を識る。

1959（昭和34）年
岐阜日々新聞に「山のむこうは青い海だった」を連載。

1960（昭和35）年
教師をやめて上京、福音館書店に勤務。英語辞書担当。
10月『山のむこうは青い海だった』出版。
小宮山量平、山村光司、神沢利子を識る。

1961（昭和36）年
リーダーズ・ダイジェスト社に転じ「ディズニーの国」担当。
このころ、手塚治虫、和田誠、宇野亜喜良、田島征三を識る。
6月『ぽけっとにいっぱい』刊。

1964（昭和39）年
「ディズニーの国」廃刊により、
理論社編集嘱託になる。

1966（昭和41）年　4月『あのこ』刊。
『海の日曜日』でサンケイ児童出版文化賞および厚生大臣奨励賞を受賞。

1967（昭和42）年　母、死去（享年74歳）。

1968（昭和43）年　京都に転居。
聖母女学院短期大学専任講師として、児童文学を論じる。

1970（昭和45）年　「ぼんぼん」連載開始。

1972（昭和47）年　聖母女学院短期大学の研究室刊として、児童文学研究誌を創刊。

1973（昭和48）年　『ぼんぼん』で日本児童文学者協会賞受賞。

1976（昭和51）年　『兄貴』で野間児童文芸賞受賞。
上野瞭と二人誌を創刊。

1978（昭和53）年　子どもの本専門店「夕鶴」開店にともない、毎月の講座をプロデュース。

1979（昭和54）年　『叢書児童文学』全五巻をプロデュース。
河合隼雄を識る。

1980（昭和55）年　『優しさごっこ』がＮＨＫでドラマ化される。

1981（昭和56）年　退官。季刊誌「飛ぶ教室」創刊に携わる。
『今江祥智の本』第一期全二十二巻完結。
『児童文学アニュアル』をプロデュース。

1982（昭和57）年　長年ファンとして聴き続けてきたイヴ・モンタン氏と逢う機会を得る。

1988（昭和63）年　『ぼんぼん』『兄貴』『おれたちのおふくろ』『牧歌』の
四部作で路傍の石文学賞受賞。

1991（平成3）年　『今江祥智の本』第二期全十四巻＋別巻一完結。

1996（平成8）年　『でんでんだいこいのち』で小学館児童出版文化賞受賞。

1999（平成11）年　紫綬褒章受章。

2002（平成14）年　平成13年度第20回京都府文化賞功労賞受賞。
フランス・イタリア旅行。

2004（平成16）年　『いろはにほへと』で日本絵本賞受賞。

2005（平成17）年　旭日小綬章受章。季刊誌「飛ぶ教室」の復刊に尽力。

2008（平成20）年　エクソンモービル児童文化賞受賞。

宇野亜喜良氏による本文中の画は、
本書のための描き下ろしと
左記の作品より転載したものです。

p.015
『ぽんぽん』（岩波少年文庫）より

p.011, 107, 137
『ぼくのメリー・ゴー・ラウンド』
（私家版）より

p.041
『薔薇猫ちゃん』（原生林）より

p.057
『桜桃のみのるころ』（BL出版）より

pp.058-059
『ゆきねこちゃん』（教育画劇）より

p.087
『あのこ』（理論社）より

p.192
『私の寄港地』（原生林）より

子どもの本の海で泳いで

２０１３年11月1日　第1刷発行

著　今江祥智
画　宇野亜喜良
ブックデザイン　白井敬尚形成事務所（白井敬尚、加藤雄一、樋笠彰子）

発行者　落合直也
発行所　ＢＬ出版株式会社
〒６５２-０８４６　神戸市兵庫区出在家町２-２-20
電話　０７８-６８１-３１１１　http://www.blg.co.jp/blp
印刷　図書印刷株式会社

NDC901　212 x 188 mm　192p　ISBN978-4-7764-0623-5　C0095

First published in Japan by BL Publishing Co., Ltd.